MORTO POR UM DIDGERIDOO

JAMIE QUINN - MISTÉRIOS ACONCHEGANTES - LIVRO 1

BARBARA VENKATARAMAN

Tradução por
MICHELE CAMILO

AGRADECIMENTOS

Por todo o apoio, conselhos e entusiasmo, quero agradecer à todas as minhas "meninas leitoras": Janet, Jodi, Joette, Kahlia, Linda, Mai, Michele, Myra e Nanette.

CAPÍTULO 1

Não sei porque me sinto culpada, eu não matei aquele cara. Eu nem o conhecia, mas ouvi dizer que ele era um verdadeiro idiota. Digamos que, quando se espalhou a notícia de que Spike estava morto e de que havia sido assassinado com um de seus próprios instrumentos musicais, as celebrações começaram por toda a cidade. Algumas pessoas brindaram à morte dele com champanhe caro, enquanto outras brindaram com garrafas de cerveja gelada; dependia apenas da vizinhança. Embora muitas histórias fossem contadas naquela noite, eu te garanto que nenhuma delas era bonita, havia um tema comum: Spike era um mentiroso e trapaceiro, um elogio para um homem que roubaria a própria mãe, se soubesse onde ela estava, ou que dormiria com a mulher do próprio amigo, se tivesse um amigo, o que ele não tinha. O único amigo do Spike era o seu cachorro Beast, um pastor alemão que ia a todos os lugares com ele, e que também não era muito amigável.

Você, provavelmente, deve estar se perguntando como Spike tinha uma loja de música tão bem-sucedida sendo que ele era um completo idiota. A resposta é simples: ele era uma estrela do rock. Literalmente. Os solos de bateria dele eram lendários. Depois do primeiro álbum **Deathlock** da sua banda, *The Screaming Zombies*, virar disco de platina em 1999 e Spike ganhar o prêmio de melhor baterista do ano, parecia não haver como parar essa banda de garagem composta por alunos que desistiram do ensino médio. Mas Spike encontrou uma maneira. Com o seu ego enorme e talento para a paranóia, ele conseguiu irritar a todos em pouco tempo, incluindo o empresário, o agente, o publicitário, o produtor da banda, até chegar ao chefe da gravadora. Principalmente os roadies o desprezavam. Eles montavam a bateria dele do jeito errado ou desligavam os alto-falantes sempre que podiam. E não vamos nos esquecer do resto da *The Screaming Zombies*: Snake, Slasher e Slime, também conhecidos como Daryl, Marcus e Ricardo; eles tinham um milhão de motivos para odiar Spike, a maioria deles nítidos e prejudiciais com relação ao dinheiro. Eles o culpavam pela implosão da banda e pela espetacular queda até o fundo do poço, que os deixou tão falidos quanto quando começaram. As pessoas dizem que leva apenas dez minutos para se acostumar com o luxo, mas uma vida inteira para superar a sua perda. Para a sorte dos Zombies, eles estavam sempre chapados, então, as lembranças da boa vida eram nebulosas demais para serem dolorosas.

Agora, avance três semanas até o momento presente onde Spike, ainda morto, de alguma forma assumiu o controle da minha vida, colocando em risco a minha casa, minha reputação e a minha sanidade. Mas, convenhamos que, para começar, eu não era assim tão estável, mas mesmo assim...

É difícil saber por onde começar, mas aqui vai: meu nome é Jamie Quinn. Jamie não é diminutivo de nada, minha mãe só achou que era um bom nome, um que oferecia mais oportunidades do que Courtney ou Brittany. Ela não queria me sobrecarregar com os estereótipos da sociedade, escolhendo um nome que fosse muito feminino, ou que soasse como uma coelhinha da Playboy. Ela estava sempre pensando no futuro, o que a tornou uma ótima enfermeira. Como conseguia perceber as coisas mais rápido do que qualquer um, ela sempre sabia quando um paciente estava prestes a piorar. Os seus colegas de trabalho no Hollywood Memorial Hospital (um dos melhores hospitais da Flórida) ficaram tão impressionados que começaram a chamá-la de "Sue Sensitiva". Apesar de ignorá-los sempre que faziam isso, acho que ela tinha orgulho de seu apelido. Ela diria que esse era o seu superpoder. O Super-Homem podia ter visão raio-x, mas nunca se igualaria as habilidades dela de diagnóstico.

Infelizmente, como qualquer superpoder, o da minha mãe podia ser usado para o bem ou para o mal. E havia segredos por detrás daqueles olhos verdes. Quando o câncer dela voltou, ela foi a primeira a saber, mas manteve em segredo, até que fosse tarde demais para o tratamento. Tenho certeza de que ela tinha os seus motivos, mas não consigo pensar em nenhum que faça sentido. Como sempre, ela havia planejado com antecedência. O seguro de vida dela pagou pela pequena casa onde cresci, na Polk Street, e me deixou com dinheiro suficiente para eu tirar um tempo para colocar os meus pensamentos em ordem. A questão de organizar os meus pensamentos foi ideia dela. Agora, seis meses depois, ainda estou tentando fazer isso, mas não consegui. Eles são como fantoches de sombra, fantasmas cinzentos voando pelo meu cérebro e que se recusam a ser pegos. De alguma forma, minha mãe sabia que, depois que ela partisse, eu também pioraria. Sue Sensitiva ataca novamente.

Há uma outra coisa que você precisa saber sobre mim: eu durmo muito mal. Digamos que, se eu estivesse fazendo uma aula de como dormir bem, eu tiraria um 'F' (sendo 'A' equivalente ao esforço, que não é o meu caso). Mas não pense que estou me fazendo de vítima, porque não estou. Tudo isso é relevante para a história. Como não durmo muito, eu perambulo pela casa à noite, como o fantasma do pai de Hamlet (que é claro, também se chamava Hamlet), mas eu sou muito mais silenciosa. Eu não sacudo correntes e nem faço exigências a ninguém. No entanto, preciso acordar mais tarde do que a maioria das pessoas, só para compensar, o que posso fazer atualmente já que não estou trabalhando. Só estou contando isso para que você entenda o porquê eu dormi durante a ligação de minha Tia Peg e da mensagem histérica dela na secretária eletrônica.

Foi na segunda-feira, no dia primeiro de julho, em que Spike (recém-morto) assumiu o controle da minha vida. Eu tinha cambaleado para fora da cama por volta das onze (da manhã), depois de uma noite particularmente difícil (embora esteja ficando mais difícil classificá-las neste momento), e foi só na minha segunda xícara de café que notei a luz do telefone piscando. Quase ninguém mais me liga no meu telefone fixo, então, imaginei que fosse apenas um operador de telemarketing ou alguém fazendo uma pesquisa. Quando finalmente cedi e apertei o botão, o som desafinado da voz da minha Tia Peg chorando me fez derramar meu café no colo. O que ela disse fez a minha adrenalina subir para novos níveis.

— Oh, meu Deus, Jamie, onde você está? Não consigo achar o número do seu celular... eu não sei o que fazer. Preciso da sua ajuda... o Adam está com problemas. — ela começou a chorar naquele momento e eu não consegui entender o que ela estava dizendo — Ele está... ele... foi... preso! Estou tão assustada. Por favor, me ligue assim que ouvir esta mensagem...

Eu fiquei completamente assustada nesta hora. Primeiro, porque a minha tia se parece muito com a minha mãe ao telefone. Segundo, porque o meu primo Adam não é alguém que deveria estar na prisão, *nunca*. E em terceiro, como alguém poderia esperar que *eu* ajudasse em uma crise desta magnitude? Eu mal conseguia tomar conta de mim!

Há mais uma coisa que preciso contar sobre mim, mas não gosto de falar nisso. Como não tenho escolha, vou simplesmente contar, e esperar que não pense muito mal de mim, nem faça suposições sobre a minha honestidade ou integridade. A verdade é que... eu sou advogada. Pronto, contei. Espero que isso não tenha mudado a sua opinião sobre mim. Eu pratico, exclusivamente, o direito de família, o que significa que a minha área limitada de especialização inclui divórcio, adoção, paternidade, custódia e pensão alimentícia. Uso a palavra "limitada" porque é a única área que conheço, o que já é bem difícil de acompanhar. O problema é que os amigos, familiares, conhecidos e até estranhos, tendem a pedir os meus conselhos em áreas sobre as quais não sei nada. Eu realmente sinto muito, mas não posso te ajudar com o fechamento de um imóvel, ou te dizer quanto vale a sua lesão nas costas; eu não posso te ajudar a entrar com o seu pedido de Seguro Social, ou te aconselhar a declarar falência. E, com certeza, não posso te representar em um caso criminal.

Pelo bem do Adam, eu esperava que não fosse isso o que a minha tia tinha em mente.

No momento em que liguei de volta, a Tia Peg já tinha passado de histérica para uma pessoa estranhamente calma e eu não sei qual das duas me preocupava mais. Ela disse que eles estavam na delegacia de Hollywood, onde o Adam estava preso. Ela não podia falar porque precisava ficar com ele, mas disse que falaria comigo assim que eu chegasse lá.

— Vou descer aí assim que puder. — eu disse — Aguentem firme, ok? — eu queria passar tranquilidade a eles, mas não sou uma pessoa calma.

— Vou tentar, Jamie. — ela disse, com a voz embargada — Mas tem outra coisa que eu preciso que você faça...

— Claro, Tia Peg, o que é?

— Você pode, por favor, vir vestida como advogada?

O que mais me assustou, começando pela nova advogada, foi que eu não poderia começar a compreender as profundezas da minha ignorância. Quanto mais eu aprendia, mais percebia o quanto não sabia. Ouvi dizer que os cursos de direito hoje em dia ensinam os estudantes a praticar a lei, e não apenas sobre pesquisa e escrita. Bom, eu diria que já estava na hora. Agora que exerço a profissão há dez anos, sei o que fazer e como me posicionar, como me vestir e como negociar e, se não tenho certeza de algo, geralmente consigo blefar. Também aprendi a como avaliar os meus oponentes: os nervosos com as mãos trêmulas, os tempestuosos com algo a provar, e os calmos e confiantes, que eu ansiava imitar. Mas, como o meu primeiro chefe costumava dizer, é apenas a metade da batalha que está aparecendo. A outra metade é se preparar, o melhor que se pode com as informações que se tem.

Neste caso, eu não tinha nenhuma informação para prosseguir, exceto o que eu já sabia sobre a situação do Adam. Sentei-me à frente do meu computador para encontrar o estatuto de que precisava e, rapidamente, imprimi uma cópia dele, junto com as emendas. Então, me olhando no espelho, ajustei a lapela do meu "terno do poder" azul-marinho. Depois de colocar o elegante colar de ouro da minha mãe, arrumei meu cabelo, me maquiei e terminei tirando o pó da minha maleta. O meu conjunto estava completo. Se eu já não fosse advogada, poderia interpretar uma facilmente na TV.

Eu não conseguia me lembrar quando tinha sido a última vez que saí de casa, mas deveria ter sido a pelo menos uma semana. Os dias eram todos iguais. Acontece que, quando você não está trabalhando, realmente não importa que dia seja. Depois de pegar o meu guarda-chuva, que ficava ao lado da porta da frente, deslizei para trás do volante do meu Mini Cooper. Não havia necessidade de verificar o tempo, os dias de verão são sempre os mesmos por aqui, quentes e abafados pela manhã, trovoadas à tarde.

Quando você pensa no sul da Flórida (e como você consegue evitá-lo quando estamos sempre nas notícias?) você provavelmente pensa na badalada South Beach, ou na elegante Palm Beach, onde o Donald Trump tem uma mansão; você pode até pensar na cidade de Fort Lauderdale, onde os Spring Breakers costumavam inundar as praias em hordas de bêbados até serem expulsos, mas, provavelmente, nunca pensa em Hollywood, a cidade tranquila que fica entre Miami e Fort Lauderdale. Com uma área de apenas setenta e sete quilômetros quadrados, Hollywood é despretensiosa, acessível e pitoresca. As ruas têm nomes de presidentes, almirantes e generais, o que pode transformar uma ida ao supermercado em uma aula de história americana. Suponho que o GPS tenha tirado toda a diversão disso. É estranho como a tecnologia melhora a nossa vida e a reduz ao mesmo tempo.

Acho confortável viver em Hollywood, não só porque cresci aqui, mas também porque ela não muda muito. Posso reviver as minhas memórias favoritas quando passo pelos meus lugares favoritos, como o restaurante Wings 'N' Curls, onde costumávamos nos encontrar depois dos jogos de futebol do colégio; e o Stratford's Bar, onde jogávamos bilhar e bebíamos cerveja barata quando estávamos na faculdade. Se você tiver a sorte de morar e trabalhar em Hollywood, não existe essa coisa de trânsito; tudo é perto. Um exemplo disso, são apenas seis quilômetros da minha casa, na Polk Street, até a delegacia, mas ainda assim peguei as ruas secundárias para evitar os semáforos. Eu chegaria muito em breve e, só de imaginar Adam (pobre e indefeso) preso estava me dando um nó no estômago. Todas as outras vezes em que eu não fiquei do lado dele estavam agora corroendo meu cérebro. Eu precisava me concentrar se eu queria ajudá-lo.

Cheguei alguns minutos depois e encontrei um lugar à sombra para estacionar, mas não desliguei o carro. Devo admitir que estava um pouco em pânico. Dez anos como advogada e o que eu sabia sobre direito criminal? Apenas o que eu aprendi maratonando *Law & Order* em um domingo... e eu dormi a maior parte do tempo. Em outras palavras, nada. Embora o ar-condicionado estivesse soprando gelado, gotas de suor pontilhavam em meu lábio superior e as minhas mãos estavam começando a ficar úmidas. Antes de começar a suar por toda a minha melhor camisa de seda, decidi ligar para a minha amiga Grace. Ela saberia o que fazer. Grace era advogada interna de uma grande corretora de valores, mas tinha sido defensora pública logo depois da faculdade. A ligação foi direto para a caixa postal e o meu coração se apertou. Eu teria que ir às cegas, e qual outra escolha que eu tinha? Senti minha veia latejando em minha têmpora esquerda, enquanto respirava calmamente e desligava a ignição. Quando eu estava me preparando psicologicamente para sair do carro, o meu celular tocou. Uma mensagem da Grace! A tecnologia é maravilhosa! Retiro tudo o que disse antes. Com um suspiro de alívio, liguei o carro novamente, e estudei meu celular com uma intensidade que, normalmente, reservo para as fotos do Hugh Jackman.

"Ei J... estou presa em uma reunião, você está bem?"

"Não muito, Gracie, o meu primo Adam foi preso!"

"Oh, meu Deus! O que diabos aconteceu???"

"Não faço ideia... estou prestes a entrar na delegacia. Preciso da sua ajuda, não faço a mínima ideia de como ajudá-lo!"

"Ok, vamos fazer o seguinte, se ele for acusado, me ligue o mais rápido possível e não deixe ele falar com mais ninguém."

"Talvez seja tarde demais..."

"É verdade. O procurador do estado pode pressionar por uma avaliação psiquiátrica, mas você terá que lutar contra isso ou eles podem prendê-lo por 72 horas."

"Oh, Deus, essa é a última coisa que o Adam precisa!"

"Exato. Agora, se eles não o acusarem, você está bem. Basta usar as palavras certas e terá um passe livre para sair da prisão. Vou te enviar o link agora..."

"Gracie, você é a melhor pessoa do mundo!"

"É, eu sei. Ligue para mim mais tarde."

"Ligarei. Deseje-me sorte..."

Enquanto eu cruzava a curta distância do estacionamento até a porta da frente, o asfalto cintilava com o calor do meio-dia, criando miragens aquosas, que apareciam e desapareciam. Palmeiras enormes pairavam sobre mim, como sentinelas autoproclamadas. (Para ser sincera, eu não confio em palmeiras altas desde o dia em que quase tive a cabeça rachada por uma folha de palmeira enorme, caindo de trinta metros de altura. Bem em frente ao tribunal! Isto é que é um caso de lesão corporal esperando para acontecer. As testemunhas teriam sido todas advogadas, exceto aquele sortudo (ou sortuda) que eu (ou o meu estado) contratei para cuidar do caso. Teria sido uma grande jogada. Mas que maneira estúpida de morrer, não é mesmo?)

Embora eu tivesse passado pela delegacia centenas de vezes a caminho do tribunal, nunca tinha entrado. Na verdade, eu nunca tinha entrado em *nenhuma* delegacia (e por que eu entraria?) e não tinha ideia do que esperar. Talvez as horas que passei assistindo *Castle* e *O Mentalista* tenham me preparado para a coisa real, mas eu tinha as minhas dúvidas.

Acho que esperava passar por um detector de metais, já que esse é o procedimento no tribunal, mas não foi o caso. Em vez disso, me vi em um pequeno saguão lotado de pessoas infelizes.

Era um zoológico. De um lado, uma mulher desesperada com um bebê chorando em seu colo falando com uma policial, enquanto, a poucos metros de distância, dois homens de aparência desleixada estavam gritando na cara um do outro por causa de um cortador de grama quebrado. Pelo menos acho que era por isso que eles estavam brigando. Tive que abrir caminho para chegar à recepcionista, que estava protegida por um vidro à prova de balas. Era uma jovem com uma aparência entediada, de vinte e poucos anos, com o cabelo magenta e que mal tirou os olhos do computador para me atender. Ela parecia imune ao tumulto do saguão. Poderia estar acontecendo em outra dimensão, ou em um planeta distante.

— Você é advogada, senhora? — ela perguntou.

— Sim, estou aqui pelo Adam Muller. Acredito que ele esteja sob custódia.

— Vou precisar do seu cartão do Flórida Bar e da identidade. A senhora está portando alguma arma de fogo ou de qualquer outro tipo?

— Não, claro que não.

"Quando foi que a minha cidade natal se tornou o O.K. Corral?", pensei.

Depois de dar uma olhada rápida em meus documentos, ela me dispensou com um aceno de cabeça:

— Segunda porta, à direita. — ela disse, me empurrando com um movimento de sua longa unha roxa.

Quando abri a porta, olhei novamente para os caras do cortador de grama, que agora estavam se xingando no que parecia ser em russo. Como se fosse um linebacker, um policial carrancudo ia na direção deles. Manter a paz parecia uma tarefa complicada. Na verdade, pareceu-me o pior trabalho de babá de todos os tempos.

O contraste entre o saguão e o outro lado daquela porta era notável. Um pequeno passo me levou do caos para um universo bem-organizado, onde todos tinham um propósito e um destino. Ao meu redor, policiais uniformizados e civis se movimentavam, alguns carregando pastas, outros tendo discussões rápidas no corredor. Se o saguão se parecia com um formigueiro que havia sido chutado, então o escritório interno era uma colmeia zumbindo. Infelizmente, devo informar que não se parecia em nada com o set de filmagem de *Castle* ou de *O Mentalista*. Que decepcionante. Eu sabia que o meu dia iria piorar a partir daí...

A segunda porta à direita não estava marcada, então, bati levemente antes de abrir uma fresta. Uma voz estridente, mas familiar, imediatamente rompeu o silêncio:

— Deixe-nos em paz! O meu filho tem seus direitos!!

— Acalme-se, Tia Peg, sou eu. — eu disse, enquanto entrava silenciosamente na sala, fechando a porta atrás de mim.

— Oh, Jamie, graças a Deus que você está aqui! — ela disse, antes de desabar em meus braços, soluçando.

Dei um tapinha nas costas delas e fiz ruídos calmantes enquanto olhava ao redor da sala. O tapete azul berbere era novo e as paredes eram recém pintadas, mas não havia decorações ou quadros para quebrar a brancura surpreendente. No centro da sala, havia uma pequena mesa redonda com quatro cadeiras modulares e, sentado em um canto, abraçando os joelhos e balançando para frente e para trás, estava o meu primo Adam.

CAPÍTULO 2

— Você pode me dizer o que está acontecendo, por favor? — eu perguntei.

Minha tia e eu estávamos sentadas à mesa, em silêncio, apesar dos meus melhores esforços. Adam ainda estava no canto, isolado do mundo, assim como fazia quando era criança, antes que a terapia intensiva e uma obsessão por música o ajudassem a aprender a lidar com a situação. Ele voltaria quando estivesse pronto. Até lá, era melhor deixá-lo sozinho. A pobre Tia Peg parecia muito abatida; era como se os vinte e dois anos protegendo o Adam finalmente tivessem acabado com ela. Nem mesmo quando ela e Dave estavam se divorciando, com seu casamento desmoronando sob a pressão de cuidar do Adam, ela pareceu tão derrotada. Tinha apenas quarenta e dois anos, mas parecia ter sessenta e dois naquele momento, com olheiras e rugas profundas na testa. Eu a observei pegar um clipe de papel da mesa, torcendo e distorcendo, até que finalmente ele se quebrou. Ela olhou para mim:

— Jamie, eu quero acordar deste pesadelo, mas não consigo! Tudo começou nesta manhã... Eu deixei o Adam na aula de música, como sempre faço. Ele está tendo aulas de bateria na loja de música na Harrison Street. Quando fui buscá-lo, uma hora depois, havia carros de polícia e uma ambulância bloqueando a rua. Quase bati o carro de tanto medo, pois pensei que algo tivesse acontecido com o Adam! Qualquer mãe entraria em pânico, mas foi pior para mim, por causa da situação dele. Ele não vê os problemas chegando. Ele é muito confiante, mesmo depois do que aconteceu com aquelas crianças horríveis...

Ela começou a chorar novamente e eu tirei um lenço de papel da minha bolsa. Advogados de divórcio sempre têm lenços de papel à mão.

— Então, o que aconteceu, Tia Peg? — eu não conseguia imaginar para onde essa história estava indo.

— Eu parei um policial, foi mais como se eu o agarrasse, e exigi saber o que estava acontecendo. Ele disse que havia acontecido um homicídio! Eu comecei a chorar e a gritar pelo Adam, e então... ele... ele disse... que o Adam não estava ferido, mas que estavam levando-o sob custódia!

Ela estava à beira da histeria, então, fechou os olhos e respirou fundo algumas vezes. Eu já tinha visto Adam usar essa técnica calmante antes.

Eu esperei um minuto, e então, gentilmente, a instiguei:

— Tia Peg?

Ela continuou, como se estivesse em transe:

— Eu segui o carro da polícia até aqui. A princípio, eles não iam me deixar entrar, porque o Adam tem mais de dezoito anos, mas, quando o viram assim, mudaram de ideia. — ela parou e olhou para Adam com lágrimas nos olhos.

— Margaret Muller, olhe para mim! — eu ordenei.

— Que foi, Jamie?

— Você vai me dizer quem foi que morreu?

— Desculpe, pensei que já tinha dito... foi o professor de

música do Adam, Spike. Um dos outros professores ouviu um grito e correu para a sala. Ele viu o Adam de pé sobre o corpo do Spike. E ele tinha sangue nas mãos...

Eu pulei da minha cadeira:

— Oh, meu Deus, isso é terrível! Mas o Adam deve tê-lo encontrado assim, certo?

— Foi o que eu disse, mas eles o prenderam mesmo assim! - ela escondeu o rosto em suas mãos.

Eu senti como se a sala estivesse se fechando sobre mim. O ar estava tão abafado que pensei que fosse desmaiar. Isto era muito pior do que qualquer coisa que eu poderia ter imaginado.

"Pense, Jamie, pense!"

Sempre que tenho uma crise, tento colocar as coisas em perspectiva, perguntando a mim mesma: *"Se eu estragar tudo, alguém vai morrer?"*, e normalmente, a resposta é não...

Grace seria capaz de resolver isso, eu tinha certeza, mas eu precisava de mais informações. Comecei a andar de um lado para o outro, abrindo um caminho no tapete novo.

— Tia Peg, nós vamos superar isso, ok? — passei o braço ao redor dos ombros dela, foi apenas um meio abraço, mas pareceu funcionar. Ela assentiu com a cabeça. — Diga-me o que aconteceu desde que você chegou aqui, o Adam disse alguma coisa?

— Nenhuma palavra.

— Alguém entrou para falar com você?

— Sim, o Detetive Hernandez e um jovem de terno. Eu disse a eles que a nossa advogada estava a caminho. Preciso dizer a eles que você chegou.

Decidi que era uma boa hora para pegar meu celular e ler as informações que Grace havia enviado. Ah, o curso de Direito Penal! Eu estava tão fora da minha zona de conforto que pensei que nunca encontraria o caminho de volta. Lembrei-me do estatuto que eu tinha na minha pasta (era a única coisa que tinha lá, além de um bloco de notas) e peguei-o. Eu disse à minha tia para ela continuar ali, eu iria procurar o detetive Hernandez.

— E, mais uma coisa, — eu disse — e isso é muito importante. Finja que não somos parentes. É melhor se eles acharem que eu não tenho interesse neste caso, ok?

— Tudo bem, mas como devo chamá-la? Senhorita Quinn?

— Na verdade, eu prefiro "sua alteza" ou "vossa senhoria", mas pode me chamar de Jamie. Só por hoje. — eu ri e beijei a bochecha dela. Em troca, ela apertou minha mão e sorriu um sorriso fraco. Pareceu-me uma troca justa.

CAPÍTULO 3

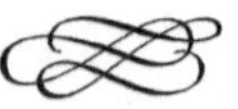

Eu estava andando pelo corredor quando alguém me deu um tapinha no ombro:

— Com licença, você é a Jamie Quinn?

Eu me virei e me vi, cara a cara, com um modelo da capa da revista GQ. De sapatos de bico fino brilhante, terno Armani sob medida e cabelo preto brilhante, o cara parecia que estava indo a algum outro lugar, se é que já não tinha chegado. Eu tinha certeza de que ele não era o Detetive Hernandez.

— Vejo que a minha reputação me precede. — eu disse, com um sorriso — E você é?

— Nick Dimitropoulos, da procuradoria. — ele apertou minha mão com firmeza, mas brevemente, todo profissional — Fui designado para o caso de homicídio desta manhã. Você está representando Adam Muller? — ele estava tentando parecer indiferente, mas percebi que estava eufórico, como um leão rodeando uma manada de gnus. Bom, mas esse cara estava mexendo com o gnu errado.

— Sim, estou.

"*Essas duas palavras realmente saíram da minha boca?*", pensei.

— E para qual empresa você disse que trabalha? — ele perguntou, olhando para o meu terno de dois anos, comprado das prateleiras da Macy's. Como a minha mãe costumava dizer, os clássicos nunca saem de moda.

Eu sorri docemente. Apenas os advogados novatos te julgam por sua aparência. Guardei essa pequena informação no meu cérebro.

— Sou autônoma, o meu escritório fica no centro da cidade. Então, só para adiantar um pouco, você acusou o meu cliente de alguma coisa?

Antes que ele pudesse responder, uma de suas assistentes se aproximou e sussurrou algo em seu ouvido. Ela entregou a ele alguns papéis e saiu. Nick (eu tinha certeza de que ele não se importaria se eu o chamasse assim) olhou para os papéis e franziu a testa. Voltando sua atenção para mim, sem nem mesmo um pedido de desculpas, ele disse:

— Ainda não, mas estamos trabalhando para isso.

— Você tem alguma prova, além do fato de que ele entrou na cena do crime? Pelo que sei, estar no lugar errado e na hora errada não é crime.

Ele parecia desdenhoso:

— Então, senhorita Quinn, você não sabe de muita coisa. O seu cliente fez várias declarações incriminatórias.

Eu estava com tanta raiva que mal pude me conter:

— Você falou com o meu cliente sem a minha presença? E só depois que te disseram que ele tinha um advogado?

— Claro que não. Ele não disse uma palavra desde que foi trazido para cá, e ninguém lhe perguntou nada. Mas ele fez declarações espontâneas no local.

Dando uma olhada nos papéis que tinha em mãos, ele disse:

— Está no relatório. Vou ler para você:

Vítima falecida, aparentemente por traumatismo craniano. O suspeito foi encontrado ao lado da vítima. Quando o peticionário abordou o suspeito, o suspeito fez as seguintes declarações, não solicitadas: "É tudo culpa minha, eu fiz uma coisa ruim." E também: "Desculpe-me, desculpe-me, desculpe-me, desculpe-me..."

Oh, Adam! Como é que sairíamos dessa? Eu teria que demonstrar confiança para o senhor procurador do estado.

— Escute, Nick, — eu comecei — eu sei o que isso parece, mas a história é a seguinte: o meu cliente pode dizer qualquer coisa que vier à mente, porque ele tem a Síndrome de Asperger. Você conhece essa condição? Não? Bom, talvez você deva ler sobre ela. Pessoas com Síndrome de Asperger têm dificuldades com a interação social e, muitas vezes, apresentam comportamentos incomuns. O resultado final é este: Adam Muller está protegido pela Lei dos Americanos com Deficiências, de 2008. Aqui está uma cópia do estatuto. Portanto, se você não vai acusá-lo, tem que deixá-lo ir embora. Imediatamente. Ou vamos apresentar uma queixa contra o departamento de acordo com a ADA.

A expressão dele era uma mistura de desprezo e raiva mal controlada. Devo dizer que todo este veneno tirou a sua boa aparência esculpida. Quando ele terminou de me encarar, ele se virou e saiu andando, sem nem mesmo um "foi um prazer em conhecê-la". O que está acontecendo com os modos das pessoas hoje em dia? Eu coloco toda a culpa na internet.

Eu gritei atrás dele:

— Eu tenho direito a uma cópia do relatório policial!

Ele se virou e caminhou de volta até mim:

— Ouça, Quinn, — ele disse, friamente — eu sei que foi o seu cara que fez isso e, quando terminarmos de analisar as provas, haverá acusações. Então, tente se esconder atrás do seu estatuto.

Ele saiu furioso de novo, mas, dessa vez, não voltou. Cara, que péssimo perdedor! Ele provavelmente também não teria sido um vencedor gracioso. Respirei fundo e tirei a tensão do pescoço e dos ombros. Mas relaxar minha mandíbula demoraria um pouco mais.

"Você já pode relaxar, Jamie, Adam está seguro. Pelo menos por enquanto...", pensei.

CAPÍTULO 4

— Eu nunca fiquei tão feliz por voltar para casa na minha vida! — a Tia Peg exclamou, atirando sua bolsa na mesa da sala de jantar e tirando os sapatos com os próprios pés — Estou exausta.

— Você e eu, mana. — eu disse, desabando em uma poltrona confortável que estava no canto.

Assim que me sentei, dois cachorrinhos exuberantes pularam no meu colo e começaram a lamber o meu rosto, sem parar.

— E quem nós temos aqui, Adam? — eu sorri para o meu primo, que estava sentado no chão, ao lado da minha poltrona, fazendo carinho nos cachorros.

— O preto é o Angus Young, ele é um terrier escocês e tem seis meses. O marrom é o Bono, ele é um setter irlandês. Tem apenas três meses.

— Entendi a relação... — eu ria, enquanto observava Adam rolando no chão com os filhotes.

Ele parecia um cachorrinho, só que crescido demais. Eu não conseguia pensar em uma raça de cachorro de cabelo loiro encaracolado como o do Adam, mas se existisse, seria desse jeito.

Tia Peg me trouxe um copo de chá gelado e um suco de laranja para Adam. Em seguida, ela sentou-se no sofá e colocou os pés em cima da mesinha de centro:

— Sabe, Adam, acho que não te contei, mas eu levei a Jamie a um show do U2 quando ela tinha dezesseis anos.

Adam abriu a boca e arregalou seus olhos castanhos:

— Uau! Eu gostaria de ter ido!

— Vou te dizer uma coisa, — eu disse — se o AC/DC ou o U2 tocarem no sul da Flórida novamente, eu te levo.

— Isso é incrível, Jamie! Mal posso esperar! Posso te mostrar as coisas de música no meu quarto agora? — ele perguntou, tentando me tirar da poltrona.

Era difícil de resistir, já que ele pesava, pelo menos, uns vinte e cinco quilos a mais do que eu. Ninguém jamais imaginaria que somos primos porque ele é alto e loiro, e eu baixa e de pele morena clara. Disseram-me que pareço com meu pai, mas eu não o conheço.

— Claro, Adam, mas eu preciso falar com a sua mãe primeiro, ok?

— Por que você não leva os cachorros para passear, querido? Eles não saíram o dia todo. — Tia Peg disse.

Depois que o Adam saiu pela porta, sentei-me ao lado da Tia Peg e bebi meu chá gelado, como uma pessoa que tinha acabado de cruzar o deserto do Saara. Eu nem mesmo dei a chance do gelo derreter. Minha tia pulou do sofá para encher meu copo.

— Eu não consigo me lembrar qual foi a última vez que estive aqui. — eu disse, puxando assunto enquanto ela estava na cozinha.

Para minha surpresa, a Tia Peg começou a chorar e eu corri para consolá-la:

— Tem sido um dia difícil, eu sei. — eu disse, dando tapinhas no ombro dela.

Ela me puxou para um abraço apertado:

— Oh, Jamie, desculpe-me por não ter estado presente. Desde que Sue morreu, tenho estado tão mal, que mal consigo viver. Tudo o que tenho feito é me obrigar a ir trabalhar e a cuidar do Adam. A Sue não era apenas a minha irmã mais velha, ela era a minha melhor amiga... e eu não consigo acreditar que ela não está mais entre nós.

Então, nós duas choramos. Eu, porque não tinha pensado na dor de ninguém, a não ser na minha. Eu tinha sido a pessoa mais egoísta e egocêntrica do mundo.

— Eu também não estive presente, Tia Peg, desculpe-me. — tirei um lenço de papel da minha bolsa e assoei o nariz — O que a minha mãe diria se visse nós duas chorando assim, com rímel escorrendo pelo rosto?

Minha tia sorriu em meio às lágrimas:

— Ela diria que "a culpa é uma estúpida perda de tempo". Se você não está bem, levante-se e vá fazer algo a respeito.

— Exatamente. Então, eu e você estamos, oficialmente, desistindo do sentimento de culpa, ok? Pessoalmente, prefiro sentir qualquer outra coisa. — eu disse e voltamos juntas para a sala de estar e nos sentamos no sofá.

— Combinado. — ela disse — E muito obrigada por hoje, não sei como você os convenceu a libertar o Adam. Você é incrível!

— E eu não sei como você conseguiu tirar o Adam de seu mundo! Foi como mágica.

Ela riu:

— São anos de experiência! Na verdade, tudo o que eu tive que fazer foi dizer a ele que estávamos indo para casa e que os cachorros estavam esperando por ele. Mas eu marquei uma consulta de emergência com o terapeuta dele para amanhã, ele definitivamente precisa disso. E eu, provavelmente, deveria marcar uma consulta para mim também. Estou tão feliz que esse pesadelo acabou.

Eu não podia dizer a verdade a ela, mas em breve ela descobriria. O pesadelo não tinha acabado. Estava apenas começando...

CAPÍTULO 5

EXATAMENTE UMA SEMANA DEPOIS, EU ESTAVA JANTANDO com a Grace, no meu restaurante de aniversário favorito, o Le Bonne Crepe, em Fort Lauderdale. Exceto que não era o meu aniversário. Nós o escolhemos porque ele fica ao lado do escritório dela, no sofisticado Las Olas Boulevard. (Eu mencionei que ela trabalha para uma grande corretora de valores, certo?). Além disso, eu sabia que ela tinha más notícias para mim e senti que merecia um mimo, como a última refeição de um prisioneiro.

— Que tal Crepe Suzette? — Grace sugeriu — Quando eles colocam fogo, é como se fosse um jantar e um show ao mesmo tempo. Sem falar que é delicioso. — Grace sempre ficava animada com a sobremesa.

— Você está de brincadeira comigo? — eu disse — É por isso que eu venho aqui. Eu amo Grand Marnier e, com Crêpe Suzette, é uma bebida após o jantar disfarçada de sobremesa.

— Com sorvete de baunilha?

— Você realmente precisa perguntar?

Ela riu:

— Eu estava apenas te testando. Então, devemos começar a trabalhar agora?

— Você está estragando a minha sobremesa, Gracie! - eu disse, levantando as mãos.

— Ok, ok, desculpe-me Jamie, o trabalho pode esperar...

Depois de saborearmos cada pedaço, lambermos os dedos e os garfos, recostamo-nos em nossas cadeiras estofadas e bebemos o nosso café, curtindo o ambiente aconchegante do bistrô francês.

— Eu teria lambido o prato se você não estivesse aqui... — Grace disse, melancólica.

— Você sabe que eu não julgo.

— Viu só? É por isso que eu gosto de você. — ela disse e gargalhou.

Grace e eu éramos amigas desde o nosso segundo ano na Nova Law School, quando descobrimos que estávamos na mesma turma. Acontece que quando você encontra uma pessoa quatro vezes por dia, todos os dias, eventualmente você puxa conversa. Grace era motivada, uma daquelas pessoas que realmente queria ser advogada, focada nos estudos, mas com um senso de humor hilário. Eu era formada em Literatura Inglesa e tinha entrado na faculdade de direito por falta de um plano melhor. Ser amiga da Grace tornou a faculdade muito melhor.

Uma noite, estávamos no apartamento dela estudando para uma prova de responsabilidade civil. Por volta das três da manhã, começamos a ficar entediadas. Tínhamos acabado de ler sobre "a regra da casca de ovo" (alguém mais suscetível a ferimentos do que uma pessoa comum) quando Grace correu até à cozinha. Ela voltou alguns minutos depois, segurando um prato e dando gargalhadas. Nele, havia uma pequena pessoa que ela tinha feito com cascas de ovos com as palavras "Ajude-me, Jamie!" em ketchup ao lado. Quase caí da cadeira de tanto rir:

— Grace, assim você me quebra! — eu disse, me sentindo engraçada.

Claro, às três da manhã, os meus padrões tendem a cair consideravelmente.

No dia seguinte, durante a prova, eu só conseguia pensar na pobre casca de ovo da Grace e tive que conter o riso. Todos na sala devem ter pensado que eu tinha enlouquecido.

— Jamie, infelizmente está na hora... — Grace parecia séria.

— Acho que estou pronta. — eu disse, inclinando-me para frente.

Tirei um bloco de papel e uma caneta da bolsa e os coloquei sobre a mesa.

— Você quer a má ou a péssima notícia primeiro?

— Nenhuma das duas é uma resposta aceitável? — suspirei — A que você preferir, Grace.

Ela fez um sinal ao garçom pedindo a conta, que ele prontamente depositou no centro da mesa.

— Ok, eu revisei o relatório policial e o relatório forense da cena do crime. Você já sabe das declarações incriminatórias do Adam, mas tem mais. O sangue da vítima foi encontrado nos sapatos dele, mas apenas nas solas, o que pode ter acontecido quando ele se aproximou do corpo. — ela fez uma pausa para olhar suas anotações — Passando para a causa da morte, a vítima, Spike, que parece não ter sobrenome, foi morta com um golpe na cabeça. A arma do crime foi um didgeridoo, que foi encontrado no local.

— O que diabos é um did-ger-i-doo?

— Eu tive que pesquisar. De acordo com a Wikipédia, é um instrumento de sopro dos aborígenes australianos. Basicamente, é um longo tubo de madeira, com cerca de um metro de comprimento, e que pode pesar até cinco quilos. Este pesava dois. De acordo com o relatório, havia várias impressões digitais nele, incluindo as da vítima. — Grace me olhou com simpatia — E as de Adam...

Eu gemi:

— Só porque ele tocou no didgeri... o que quer que seja essa coisa, não quer dizer que ele assassinou seu professor de música! Ele toca vários instrumentos musicais, isso é o que ele faz. E o Adam nunca faria mal a ninguém, mesmo que estivessem batendo nele até deixá-lo inconsciente. Você se lembra quando ele estava no ensino fundamental e aquelas crianças o espancaram e quebraram seu braço? Não conseguia nem se defender! Ele não tinha motivo nenhum para machucar seu professor.

Grace assentiu com a cabeça, seu longo cabelo escuro caindo em seu rosto:

— Eu sei, Jamie.

— Bom, e qual é a notícia que pode ser pior do que essa?

— O procurador planeja apresentar queixa contra o Adam na semana que vem.

— Mas que droga! — bati com o bloco de papel na mesa — Eles ao menos já procuraram o verdadeiro assassino? Alguém com um motivo para matar o cara?

— Parece que não. O menino de ouro deles, Nick Dimitropoulos, está cuidando do caso. Ele é um figurão que acabou de sair da faculdade e quer ganhar fama. Ouvi dizer que está planejando entrar na política, assim como seu pai...

— Oh, meu Deus! Não me diga que ele é filho do Theo Dimitropoulos! Que ótimo... o filho de um senador estadual está atrás do meu primo deficiente... — eu tive vontade de chorar, de gritar, ou de fazer os dois ao mesmo tempo — O que eu vou fazer, Grace? Não posso representá-lo e a minha tia não tem dinheiro para contratar um advogado. Ela é professora do ensino fundamental.

Grace parecia pensativa:

— E o pai do Adam?

— Dave? — eu balancei a cabeça — Nem pensar, ele está falido. Ele nem faz mais parte da vida do Adam. Se casou novamente e mudou-se para outro estado. Acho que ele tem mais três filhos.

— Bom, aqui vai o meu conselho: deixe o defensor público representá-lo. Este é um caso de alto nível, então, eles colocarão o seu melhor profissional nele, que é a Susan Doyle. Ela é muito boa e está nisso há muito mais tempo do que o espertão do Nick. Costumávamos trabalhar juntas na defensoria pública e ela não se importaria se eu a ajudasse a traçar estratégias. Você sabe que farei tudo o que puder para te ajudar...

Senti um vislumbre de esperança.

— E se eu hipotecasse minha casa? É de graça. Então, eu poderia contratar um bom advogado de defesa, nada contra a Susan, é claro.

Grace balançou a cabeça:

— Isso não vai funcionar. — ela disse, gentilmente — Você não pode se qualificar para uma hipoteca porque não está empregada. E você pode precisar usar sua casa como garantia.

— Garantia? Para quê?

— Para pagar a fiança, Jamie.

CAPÍTULO 6

Foi um longo final de semana e Grace me deu muita coisa para pensar. Na verdade, coisas demais. Tentar não ficar em posição fetal foi um desafio, mas eu precisava me manter otimista pela Tia Peg. Ela não tinha ideia do que estava por vir, e eu não estava pronta para contar a ela, ainda. A única coisa que me mantinha sã era me concentrar no Adam e me preparar para a provação que estava por vir. E então, logo na segunda-feira de manhã, fiz uma ligação:

— Susan Doyle.

A voz ao telefone era confiante, autoritária. Tinha um tom que dizia: *"É melhor que seja importante, não tenho tempo para bobagens"*. Ela só tinha dito duas palavras e eu já gostava dela.

— Olá, aqui quem fala é a Jamie Quinn, sou a amiga da Grace Anderson...

— Ah sim, Srta. Quinn, estava esperando a sua ligação. Grace me contou sobre a situação do seu primo. Infelizmente, parece que o caso está avançando. Em um comentário pessoal, estou chocada que o procurador tenha decidido processar com provas circunstanciais e sem nenhum motivo aparente, mas ele está sob pressão para colocar alguém atrás das grades. Sem mencionar que há muita publicidade por trás disso tudo. — ela acrescentou, ironicamente.

— Ouvi falar. — eu disse, sentindo minha mandíbula apertar — Eu entrei em contato com você por algumas razões. Primeiro, gostaria de saber o que esperar. Meu primo pode ter vinte e dois anos, mas emocional e socialmente, ele é muito mais jovem. Adam é uma pessoa gentil e nunca faria mal a ninguém; ele, simplesmente, não é capaz disso. Com sua Síndrome de Asperger, ele não consegue lidar com o stress e temo que isso vá destruí-lo... — comecei a chorar, como eu sabia que faria, e fui até a pia da cozinha para jogar água no meu rosto. Eu tinha que me recompor.

— Eu entendo, Srta. Quinn, Jamie, e estive pensando sobre nisso. Adam terá que passar pela prisão, mas há algumas coisas que podemos fazer por ele. O procurador vai querer uma prisão ostensiva, mas podemos evitar isso se o Adam concordar em se entregar. Além disso, por causa do Asperger, posso pedir ao juiz que nomeie um advogado *ad hoc* para protegê-lo. Finalmente, posso garantir que o Adam vá direto ao tribunal para sua aparição inicial, sem passar nenhum tempo na prisão.

Soltei um suspiro de alívio... sem prisão!

— Como você vai fazer isso?

— Acho que o procurador concordará que prejudicaria seu caso se o Adam tivesse um colapso na prisão e acabasse em um hospital psiquiátrico.

— Estou tão feliz por você estar do nosso lado! O que vai acontecer na audiência?

— O juiz vai determinar se há causa provável para a prisão. Se a resposta for sim, então, ele ou ela, nomeará o defensor público e definirá a fiança.

— Essa era a minha próxima pergunta. Quanto custaria a fiança? — eu estava andando de um lado para o outro, entre a cozinha e a sala de estar.

— Difícil de dizer. Seu primo certamente não é um risco de fuga, mas este é um crime capital e, também, uma batata quente política. Vou fazer o meu melhor, mas não posso prometer nada.

— Eu entendo. Só para que você tenha conhecimento, serei eu quem vai pagar a fiança. E o que acontece depois disso? — eu tinha parado de andar e agora estava roendo as unhas.

— Uma audiência criminal é normalmente realizada dentro do prazo de 21 dias após a primeira aparição. Nessa audiência, o Adam se declarará inocente. O juiz pode rever a fiança neste momento. A seguir, o procurador revê o caso e decide se há provas suficientes para prosseguir. Se eles encontrarem provas suficientes, então, Adam será formalmente acusado. Isto deve acontecer dentro de 175 dias após a prisão. — eu pude ouvi-la falando com alguém ao fundo.

— Muito obrigada. Não quero tomar mais seu tempo, mas por favor, diga-me o que posso fazer para ajudar... farei qualquer coisa. Até faço o seu café e aponto os seus lápis.

Susan riu:

— É uma excelente oferta! Porém, não é necessário. Há algo importante que você possa fazer, se estiver ao seu alcance. Estamos com um orçamento apertado aqui. Se você puder contratar um detetive particular, pode fazer toda a diferença. Vai precisar de alguém disposto a ignorar as regras, mas você não ouviu isso de mim.

— Mas é claro que eu vou fazer isso! De que tipo de informação você precisa?

— Que tal eu te enviar uma lista por e-mail, hoje mais tarde? — ela perguntou.

— Perfeito! Eu nem sei como lhe agradecer. — eu disse, começando a chorar.

— Tanta gratidão e eu nem fiz nada ainda. — ela disse, com uma risada — Nos falamos em breve, Jamie.

O sorriso sumiu do meu rosto assim que desliguei. Onde eu iria encontrar um detetive particular fora da lei?

CAPÍTULO 7

Fiel à sua palavra, Susan Doyle me enviou a lista por e-mail, algumas horas depois. Eram três páginas de perguntas que pareciam impossíveis de responder. Fiquei em pânico, assim como quando estava na faculdade de direito e sonhei que tinha uma prova para a qual eu não havia estudado, em uma aula que nunca tinha frequentado.

Estudando a lista, eu me perguntei como alguém, mesmo um detetive desprezível, poderia descobrir alguns desses fatos, como: se Spike tinha inimigos, ou se ele tinha discutido com alguém na semana de seu assassinato. Respirei fundo e olhei para ela novamente. Na verdade, havia algumas perguntas que eu mesma poderia responder, usando registros públicos. Antes de começar a caça ao tesouro online, eu faria um café, para garantir o máximo de alerta. Já que eu quase não dormia mesmo, uma xícara a mais não faria diferença.

Depois de tirar as contas e os documentos da minha mãe da mesa, sentei-me diante do meu computador e abri o site Florida Secretary of State Corporations. Decidi começar por ai. Em "entidades corporativas", digitei "The Screaming Zombies", que era o nome da loja de música. Embora eu já tivesse visto a loja na Harrison Street muitas vezes, sempre achei que fosse um bar. Quando nada apareceu, digitei o nome "Spike" na seção de diretores corporativos e consegui algo: "Spike Enterprises, Inc., nome fantasia The Screaming Zombies". Spike era listado como o diretor. O único outro oficial era o tesoureiro, Marian Wolinsky. *"Preciso encontrar Marian Wolinsky"*, escrevi em um bloco de notas.

Eu decidi abrir o site da loja de música e digitei: *The Screaming Zombies*. Para minha surpresa, recebi dezenas de resultados. Quem diria que *The Screaming Zombies* era o nome de uma banda de heavy metal? Aparentemente, todo mundo sabia, menos eu. Encontrei fãs-clubes e fóruns de bate-papo online, assim como vídeos do YouTube e músicas para download. Até encontrei uma tabela classificando os melhores bateristas de todos os tempos, e Spike era um deles. Pelo menos agora, entendi o nome da loja. Embora a *The Screaming Zombies* tenha acabado em 2001, eles ainda tinham muitos fãs devotados, todos eles tatuados e com piercings. Assisti a um vídeo dos Zombies no You Tube e depois uma entrevista com o Spike, o que me assustou um pouco. Embora eu nunca fale mal dos mortos (pelo menos nunca tinha feito isso) farei uma exceção para Spike. Depois de assistir à sua entrevista, pude tirar algumas conclusões: 1) ele estava chapado; 2) ele era egocêntrico; 3) ele era uma lenda em sua própria mente; e 4) ele era desagradável e mau. Mas ele disse uma coisa interessante: toda vez que bebia muito, ele levava para casa um pastor alemão novo. Pela aparência dele, deve ter tido uma coleção e tanto...

A seguir, encontrei várias informações no site da loja. Vi que eles vendiam uma grande variedade de instrumentos, e davam aulas de música até com instrumentos que não vendiam. O único instrumento que não vi listado em nenhuma das categorias foi o didgeridoo. Fiz a anotação no meu bloco: *De quem era aquele didgeridoo?* Em seguida, cliquei no link 'Conheça os Nossos Professores' e tirei a sorte grande. Todos os quatro professores estavam listados (incluindo o Spike), com os instrumentos que ensinavam e suas fotografias. Imprimi a página e fiz uma anotação para cada um deles, para pesquisar no Google mais tarde. Fui para a seção 'Sobre Nós', que deveria se chamar 'Sobre Spike', porque todas as cinco páginas o homenageavam. Lendo isso, você pensaria que Spike era o melhor baterista do mundo; que ele tinha sido a estrela da banda *"The Screaming Zombies"*, e que a cidade de Hollywood deveria estar grata por ele ter escolhido morar nela.

Eu devo ter cochilado por um minuto com a cabeça na mesa, porque quando dei por mim, meu celular estava tocando perto do meu ouvido. Meu toque é o concerto para violino de Vivaldi, *Primavera,* e eu estava sonhando que estava na sinfonia com minha mãe. Acordei e me atrapalhei com o celular:

— Alô?

— Jamie, você estava dormindo? Desculpe-me por isso.

— Está tudo bem, Tia Peg... — eu ainda estava desorientada. Tinha sido um sonho tão lindo...

— Eu odeio incomodá-la, mas...

Sentei-me, acordando de repente:

— O que está acontecendo?

— O Adam não está bem, ele está tendo pesadelos e não está comendo direito. Ele se recusa a fazer suas tarefas, ou até mesmo tocar qualquer música. O terapeuta dele entrou com um ansiolítico, mas não está funcionando. Ele acha que deveríamos tentar a hipnoterapia para ajudar o Adam a superar essa experiência traumática. — minha tia parecia exausta e preocupada.

— Você pode dar permissão ao terapeuta para falar comigo? — eu estava tendo uma ideia.

— Claro que posso, mas Jamie, eu te liguei por outro motivo. Eles estavam falando sobre o assassinato no noticiário das onze. Eles disseram que Spike foi morto com um didgeridoo...

— Eu também vi.

— Jamie, não sei até quando vou conseguir aguentar! — Tia Peg estava chorando.

— Como assim?

— O didgeridoo... eles mostraram uma foto dele. É o do Adam.

CAPÍTULO 8

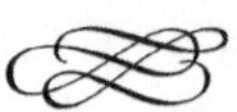

As coisas só pioravam e tudo o que eu queria era voltar para a minha sinfonia imaginária. Era pedir muito?

Agora sei que deveria ter contado à minha tia o que estava acontecendo quando tive a chance, mas eu não consegui. Você pode me julgar por isso…, mas você não estava no meu lugar. Quando Margaret Muller diz que não aguenta passar por mais nada, ela está sendo sincera, e eu não queria ser a pessoa que a empurraria do precipício. Ainda assim, eu precisava saber como o didgeridoo tinha ido parar no local de trabalho do Spike, por isso, não me importei de perguntar à Tia Peg sobre isso. A explicação dela fez sentido para mim: o Adam estava aprendendo a tocar sozinho e queria mostrar para Spike, por isso que ele tinha levado o didgeridoo para sua aula na semana anterior. Infelizmente, eu sabia que o meu inimigo, Nick, o procurador do estado, não veria dessa forma, de maneira nenhuma. Para ele, essa seria a prova de que o Adam havia planejado o ataque. Passei mais alguns minutos confortando minha tia e, em seguida, encerrei a ligação, prometendo manter contato.

Embora já passasse da meia-noite e, oficialmente, fosse terça-feira, eu estava muito nervosa até para tentar dormir, então, voltei para minha caça ao tesouro. Primeiro, eu pesquisei sobre os professores de música. Havia um casal, Steve e Rosa Michaels. Steve dava aula de trompete e saxofone, e Rosa de flauta e flautim. Minha pesquisa revelou que eles haviam sido namorados no ensino médio na Hollywood Hills High, onde tocaram em uma banda juntos. Que fofos!

A única outra professora, além do Spike, era Olga Gonzalez, que dava aulas de piano e violão. Não apareceu nada sobre ela. Enquanto eu pesquisava, pensei em fazer uma busca por Marian Wolinsky, a tesoureira da empresa do Spike. Descobri que ela administrava um site de fãs dedicado ao Spike, em toda a sua grandiosidade. Havia fotos de Marian e Spike juntos por todo o site. Marian parecia uma garota motoqueira, colete de couro, jeans apertado, botas pretas e várias tatuagens. Em quase todas as fotos, ela estava olhando para o Spike com adoração. Eu me pergunto quanto ele teve que pagar para ela fazer isso!

Em seguida, fui para o site do Broward Clerk, para pesquisar registros criminais e civis. Não foi surpresa nenhuma que Spike tivesse mais de uma dúzia de multas por excesso de velocidade e outras infrações relacionadas ao trânsito, bem como acusações de posse de drogas no passado. Os registros civis contavam outra história: o Spike e a Spike Enterprises, Inc. (*nome fantasia The Screaming Zombies*), estavam sendo processados por ninguém menos que Snake, Slasher e Slime, também conhecidos como Daryl, Marcus e Ricardo, ou seja, o resto dos Zombies! O processo era pelo Spike usar o nome da banda em sua loja. Os requerentes estavam acusando o Spike e a Spike Enterprises, Inc., de enriquecimento sem causa, violação de marca registrada etc. Isso, com certeza, soava como animosidade para mim, mas era motivo para um assassinato? Fiz mais anotações no meu bloco de notas.

Enquanto eu estava no site do tribunal, verifiquei o nome do Spike por meio de um inventário e descobri que já havia um espólio. Só o representante pessoal pode fazer isso, então, eu desci a página para ver quem era. Que rufem os tambores... era... Marian Wolinsky! Eu, definitivamente, precisava bater um papo com essa dama. Também planejei visitar o tribunal para ler o testamento do Spike. Como os beneficiários do Spike lucrariam com sua morte, eu queria saber quem eles eram. Meu bloco de notas estava ficando cheio.

Finalmente, fiz as verificações criminais de todos os funcionários. Marian tinha algumas acusações de posse, antigas, bem como uma acusação de perturbar a paz, o que era pouco chocante. Ela e Spike deveriam ter dado uma festa e tanto naquela noite.

Olga Gonzalez, a professora de piano, não tinha antecedentes criminais, mas os namorados do colégio eram uma outra história. Acontece que Rosa Michaels havia entrado com ordens de restrição de violência doméstica contra Steve em três ocasiões distintas, mas depois voltou atrás. A mais recente tinha sido obtida apenas duas semanas antes da morte do Spike, e ela havia pedido o divórcio na mesma época. Poderia não ser nada, poderia ser alguma coisa, mas Steve parecia um homem que precisava de uma aula de como aprender a controlar sua raiva, ou duas...

Eu já tinha chegado ao meu limite, meu cérebro estava frito. Citar a Srta. Scarlett ficaria para o dia seguinte. Caí na cama em busca de Vivaldi.

CAPÍTULO 9

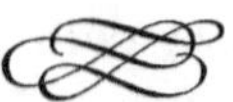

Acordei muito cedo porque o gato, com seus cinco quilos, pulou na minha cabeça, uivando e exigindo ser alimentado. Ele estava sempre exigindo alguma coisa. Não mencionei que tenho um gato antes porque estou em negação. O Senhor Patas era o gato da minha mãe e eu prometi a ela que cuidaria dele, embora nos desprezássemos. Melhor dizendo, o Senhor Patas e eu nos desprezávamos, e não eu e minha mãe, só para esclarecer. Naturalmente, não estamos nos dando melhor agora que somos só nós dois. Tomei a liberdade de mudar o nome dele de Senhor Patas para Senhor Pé no Saco, mas ele nunca responde a nada mesmo, exceto ao som de comida sendo derramada em sua tigela.

Depois de alimentar a Alteza Real, tomei um banho rápido e me vesti. Coloquei meu café em um copo térmico e peguei uma barra de cereais, antes de sair correndo pela porta. Como podem ver, eu não sou uma grande apreciadora de café da manhã. Antes de ligar o velho Mini Cooper, mandei uma mensagem para a Grace:

"*Bom dia, raio de sol! Estarei no fórum principal mais tarde, você estará livre para o almoço?*"

"*Espero que sim! Que tal eu te encontrar lá para uma visita rápida?*"

"*Ótimo! Tenho muita coisa para te contar. Que horas?*", mandei uma mensagem de volta.

"*Às 10h? Na lanchonete?*"

"*Perfeito, te vejo lá. Serei aquela com uma nuvem negra acima da cabeça.*"

"*Acho que irei te reconhecer...*"

A fila para entrar no fórum estava sinuosa e longa, como na maioria das manhãs. Isso porque todos os juízes agendavam seus horários para às 8h45. Essas audiências não probatórias deveriam durar apenas cinco minutos, mas nunca duram, o que faz com que multidões de pessoas se espalhem pelos corredores. Isso faz com que eu me sinta claustrofóbica e mal-humorada. Eu sabia que era terça-feira porque é quando o pregador barbudo com seus óculos de arame nos agracia com sua presença. Lá estava ele, de pé em seu caixote, perto das portas do fórum, gritando conselhos que recebeu diretamente de Jesus. Soltei um suspiro profundo. Não estava com vontade de ouvir proselitismo...

Não tive problemas para verificar o inventário do Spike com o escriturário. Eu esperava conseguir alguma pista que apontasse para outra pessoa que não fosse o Adam como o assassino. Mas isso não aconteceu...

— Você só pode estar de brincadeira comigo! Não consigo acreditar. Diga-me novamente o que o testamento dizia. — Grace estava passando manteiga por todo o seu bagel. Estávamos na lanchonete do fórum e eu estava atualizando-a.

— Foi isso mesmo que você ouviu. Spike deixou tudo para uma organização de resgate de pastores-alemães. A única outra herança foi que ele deixou o seu cachorro, o Beast, para Marian Wolinsky, com dez mil dólares para ela cuidar dele. — eu estava balançando a cabeça, admirada com a generosidade do Spike. Talvez ele não fosse tão idiota quanto eu pensava.

— Vai saber! — Grace comentou — É bem interessante tudo o que você encontrou, aquele processo que os Zombies moveram e a professora de música com o problema da violência doméstica. Qual é o seu próximo passo?

— Eu tenho um milhão de perguntas à Marian Wolinsky, então, esse encontro precisa acontecer. Além disso, de acordo com a minha melhor amiga Susan Doyle, eu preciso encontrar um detetive particular que ande do lado negro, e eu tenho ideia de como encontrar um...

— Jamie! Achei que eu fosse a sua melhor amiga. Vou deixar isso passar. Você se lembra do meu ditado zen favorito? "Você já tem tudo o que precisa". — então ela olhou para mim ansiosa.

— O que você está querendo dizer? Que eu conheço um detetive particular corrupto? — talvez eu estivesse cansada demais para entender... então, como um flash, eu me lembrei — O Duke? Você quer que eu ligue para Duke Broussard? De jeito nenhum! Ele é um canalha!

— Exatamente! — Grace riu — E ele está com uma dívida bem grande com você. Você salvou a pele dele quando cuidou do seu divórcio, não é mesmo?

— Oh, meu Deus! A mulher dele ficou furiosa quando pegou ele traindo-a. Ela o denunciou para o IRS, Better Business Bureau, conselho dos detetives particulares, aos jornais e à Angie's List. Ela acabou com ele em todo o Facebook e Twitter. Ela surtou com a traição! — eu ri.

— Ela também não pagou para colocar um outdoor na

rodovia I-95? — Grace olhou para o próprio relógio e começou a arrumar a mesa.

— Sim, pagou! Esqueci disso. Ela não é a bobinha que ele pensava que fosse, não é mesmo? Não se preocupe, Grace, eu limpo tudo. Volte ao trabalho.

Ela me deu um beijo na bochecha e se virou para ir embora:

— Ligue para ele, Jamie. Você sabe que estou certa.

— Sim, geralmente você está.

CAPÍTULO 10

QUANDO CHEGUEI EM CASA, HAVIA DUAS MENSAGENS piscando na minha secretária eletrônica. Quando foi que me tornei tão popular? Eu as ouvi enquanto organizava a correspondência. A primeira era da Tia Peg, me passando o nome e o número do terapeuta de Adam, o Doutor Simon. A outra era de Susan Doyle, perguntando se o Adam seria capaz de passar por um polígrafo no futuro. Que timing perfeito, que sincronia! O Doutor Simon era a única pessoa que poderia responder à pergunta da Susan. Sem mencionar que eu tinha algumas perguntas para fazer ao bom doutor. Pelo menos eu esperava que ele fosse um bom médico...

Eu precisava que algo desse certo, especialmente porque o testamento do Spike tinha sido um beco sem saída. O tempo *não* estava do meu lado e piadinhas não conseguiriam me convencer do contrário. Quanto mais eu pensava, mais tinha certeza de que o assassinato do Spike tinha sido um crime passional ou de oportunidade. Ninguém planeja matar com um didgeridoo, pelo amor de Deus, especialmente um que não estava lá na semana anterior. Tinha que ser uma pessoa com acesso à loja, ou alguém que Spike conhecia, o que restringia as possibilidades para:

1) Uma invasão que deu errado, OU

2) Um dos Zombies, OU

3) Um professor, OU

4) Um aluno (pai ou mãe de algum deles?) OU

5) Alguém que odiava Spike por um motivo ainda a ser determinado.

Suponho que seja por isso que Susan Doyle me enviou três páginas de perguntas. Responda a todas elas que você encontrará o seu assassino. Embora Marian Wolinsky teria algumas das respostas, se eu quisesse as respostas das perguntas difíceis, eu teria que ligar para o presidente de seu próprio fã-clube, Duke Broussard.

CAPÍTULO 11

— Alô, Duke? É a...

— Olá, querida, por que demorou tanto para me ligar? — Duke era gentil. Por isso que foi casado três vezes.

— Você ao menos sabe quem está falando? - perguntei rindo.

— Claro que sei, querida. Jameson é o nome do meu uísque *e* da minha advogada preferida. Eu gosto de manter as coisas simples. Além disso, tenho seu número gravado na minha agenda. Você nunca sabe quando vai precisar da sua advogada. Não tem como ficar procurando o seu número se eu estiver completamente bêbado na prisão, não é mesmo?

— Que bela maneira de se planejar com antecedência, Duke. — cara, eu esperava nunca ter que receber esse tipo de ligação — Como tem passado?

— Minha vida está perfeita! A única maneira de eu aproveitar mais é se houvesse dois de mim.

Duke poderia ter sido o garoto propaganda dessas camisetas 'A Vida é Boa', exceto que seu boneco de palito teria uma cerveja na mão e uma mulher de cada lado. Na verdade, ele provavelmente estava em um bar enquanto falava comigo.

— Que ótimo! Eu sabia que você se recuperaria de seu divórcio.

"Por favor, que ele se lembre da oferta que me fez", eu torci em pensamento. Detesto pedir favores.

Ele riu:

— Eu deveria agradecer à Candy por ter colocado meu rosto naquele outdoor... consegui tanta coisa com isso. E as mulheres também gostaram!

Revirei os olhos. Sorte que ele não podia me ver.

— Então, você está ligando para aceitar a minha oferta? — ele perguntou.

Sim! Pulei do meu sofá e fiz uma dancinha.

— Na verdade, estou sim. — eu disse, tentando esconder minha empolgação.

— Por mim tudo bem, querida. Que tal você me encontrar no *The Big Easy*, na Harrison? Eles começam a tocar blues às vinte horas.

Mas é claro que o Duke conduz seus negócios em um bar! Provavelmente, eles também distribuem os cartões de visita dele.

— Tudo bem. — eu disse — Vejo você lá. Obrigada, Duke.

— De nada. Sabe, a maioria dos meus encontros não me agradecem antes do fim, se é que você me entende. — eu praticamente conseguia vê-lo olhando de soslaio pelo telefone.

— O quê? Mas isso não é um encontro...

Mas ele já tinha desligado.

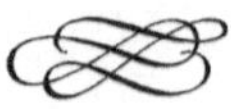

CAPÍTULO 12

Eu me vesti com cuidado para o meu "encontro" com Duke, optando por uma roupa casual, como se estivesse participando de um evento no Broward Bar, em vez de um bar de verdade. E esqueça o batom, usar batom perto do Duke era como acenar uma bandeira vermelha para um touro. Você só estaria arrumando problema.

Eu cheguei antes das oito horas e estacionei perto do bar. Definitivamente, eu estava usando roupas demais para o clima úmido de verão, mas não tinha como evitar. Ao atravessar a rua, vi Duke sentado do lado de fora do bar, bebendo uma cerveja. Vai saber, talvez ele morasse lá. Ele parecia o mesmo de sempre: cabelo castanho claro na altura dos ombros, jeans de marca e uma camisa branca Tommy Bahama desabotoada, para mostrar o seu colar de dentes de tubarão. E, claro, o bronzeado, ele sempre estava bronzeado. Eu me perguntei se ele estaria usando sua bota de crocodilo preferida. Ainda não acredito que ele matou um crocodilo. Pelo que pude ver, ele não tinha mudado nada desde que eu o tinha visto há um ano. E me perguntei se eu tinha mudado.

Enquanto eu caminhava em direção ao bar, Duke me viu e começou a sorrir:

— Olhe só para você, Srta. Jamie, toda uniformizada! Eu tenho alguma audiência que não estou sabendo?

— Ainda não, — eu disse, com um sorriso — mas a noite é uma criança. Tudo pode acontecer.

— É verdade, mas por que você não se senta e pedimos um cocktail? — ele deu um tapinha na banqueta ao lado dele.

E ainda dizem que o cavalheirismo está morto.

— Vou querer um Pinot Grigio. — eu disse ao barman, antes de voltar minha atenção para o Duke — Como vai o trabalho, muito ocupado?

Ele terminou sua cerveja e pediu outra:

— Vamos, Jamie, — ele disse, me olhando nos olhos — você não me ligou, do nada, para perguntar como anda o meu trabalho, não é mesmo? O que está acontecendo, você está com problemas?

Neste momento, a banda começou a tocar dentro do restaurante e eu parei para ouvir. Eles estavam tocando uma música do Muddy Waters e eram muito bons. Eu realmente precisava sair mais...

Tomei um gole do meu vinho e perguntei:

— Sou tão transparente assim?

— Não, garota, é que eu sou um ótimo detetive particular! — ele piscou para mim, e então, riu da própria piada. Podemos dizer que Duke se divertia facilmente.

— Ok, mas antes de contar a minha longa história, que envolve uma banda de heavy metal, um assassinato e um procurador do estado com ambições políticas, preciso deixar uma coisa bem clara...

Os olhos verdes do Duke estavam me observando de perto; ele amava uma boa história:

— O que, querida?

— Isto não é um encontro.

CAPÍTULO 13

— Então, acho que você não se importará que eu olhe para as lindas damas deste lugar, não é mesmo? — Duke perguntou com um olhar malicioso.

Eu bufei:

— Como se você não fosse fazer isso de qualquer maneira.

Quando o barman apontou para o meu copo vazio, eu assenti com a cabeça. E por que não...? Esta estava sendo a minha maior noite fora em meses, mesmo que eu estivesse passando ela com Duke Broussard.

— Só por curiosidade, — eu comecei — no telefone mais cedo, que oferta você achou que eu estava aceitando?

Duke me deu uma olhada:

— Aquela em que eu disse: "Ei Jamie, vamos sair para comemorar agora que, finalmente, me livrei daquela minha esposa maluca". O que você acha que eu quis dizer?

— Oh, lembrei-me de uma oferta diferente. Aquela em que você disse: "Jamie, você é demais! Se você precisar da minha ajuda para qualquer coisa, é só ligar."

— Sim, eu me lembro vagamente disso.

— Você se lembraria mais se não estivesse sempre encharcando seu cérebro com bebida. — eu brinquei.

— Já pensou que divertido seria? — ele riu, mostrando seus dentes perfeitos — Bom, onde está a história que você me prometeu?

E assim, com riffs de blues como música de fundo, contei ao Duke a história do assassinato na loja de música e seu estranho elenco de personagens. Expliquei o que tinha descoberto até então e como, apesar da estranha confissão do Adam, e de suas impressões digitais no didgeridoo, eu arriscaria a minha vida pela inocência dele.

— Caramba, Jamie! Isso parece um filme! Pode contar comigo. O que você precisa que eu faça?

Eu estava prendendo a respiração, esperando pela reação de Duke e, finalmente, a deixei escapar em um suspiro de alívio. Peguei a lista de perguntas da Susan Doyle e começamos a criar estratégias. Duke iria verificar os antecedentes do Spike, da banda e de todos que trabalhavam na loja de música. Se isso não resultasse em nada, ele também verificaria os alunos e seus pais. Quando começou a me contar como poderia conseguir os registros telefônicos e as informações bancárias, eu enfiei os dedos nos ouvidos e comecei a cantar: "La La La".

Duke revirou os olhos para mim:

— Ok, entendi, só precisa saber do básico.

Contei que eu me encontraria com Marian Wolinsky e com o terapeuta do Adam. Estávamos quase terminando quando a companhia chegou. Uma ruiva linda, com um vestido justo e salto agulha, marchou até nós parecendo furiosa. Ela encarou Duke, e então, deu-lhe um tapa bem forte na cara. Não sei por que fiquei surpresa.

— Seu canalha! Não acredito que você está me traindo com ela!

— Mas, querida, não é o que parece, são apenas negócios! —

Duke saltou e continuou com suas explicações, tentando convencê-la.

Tive que cobrir a boca para não rir. E foi assim que conheci Duke. A vida dele parecia ser um longo desfile de mulheres furiosas. Eu me perguntei se esta poderia pagar por um outdoor...

CAPÍTULO 14

Quando falei com o Doutor Simon na manhã seguinte, ele concordou que tínhamos muito o que conversar e sugeriu um encontro em seu escritório, em Plantation ao meio-dia. Plantation fica a oeste de Hollywood e a vinte minutos de carro, então, saí às 11h30, para dar conta do trânsito. Meu GPS mostrou que o escritório não ficava longe do Plantation General Hospital. Não é por acaso que os advogados têm seus escritórios perto de um tribunal e os médicos perto de um hospital; todo mundo quer acesso fácil em caso de emergência. Diferentes tipos de emergências...

Além da pergunta da Susan Doyle sobre o polígrafo, eu queria perguntar ao Doutor Simon se havia uma maneira segura de interrogar o Adam. Eu precisava saber por que ele pediu desculpas quando viu o corpo do Spike; que 'coisa ruim' ele tinha feito e porque pensava que tinha sido culpa dele. Adam poderia ser a chave para encontrar o assassino, se ele pudesse comunicar o que sabia.

A sala de espera do Doutor Simon me lembrou um estúdio de ioga: cores quentes, música new age, com sons da natureza entrelaçados, e uma cesta com chás de ervas perto do bebedouro. Não havia revistas sobre a mesa, apenas livros de autoajuda sobre como encontrar a felicidade e a paz interior, e alguns gibis engraçados. O Doutor Simon (ou o seu decorador) tinha dominado o conceito de Feng Shui. Eu realmente me senti em harmonia com o ambiente. E para pessoas com autismo, assim como o Adam, que não conseguem tolerar estímulos externos dissonantes, a sala era perfeita.

Talvez tenha sido o casulo reconfortante da sala de espera, mas assim que conheci o Doutor Simon, senti que poderia confiar nele. Um homem elegante, na casa dos cinquenta, com um sorriso cativante e uma franqueza que era acolhedora. Seu cabelo grisalho e seus óculos de aro de metal, me lembravam um professor que eu tive na faculdade de direito, o que me deu o meu único 'C'. Eu tentaria não usar isso contra ele.

— Olá, Jamie, obrigado por ter vindo. — ele disse, apertando minha mão — Vamos ao meu consultório para que possamos conversar.

Não vou te aborrecer descrevendo o consultório; basta dizer que era mais do mesmo. E as cadeiras eram super confortáveis. Me perguntei se o decorador dele poderia fazer minha casa ficar daquele jeito...

— Jamie, — o Doutor Simon começou, seu olhar intenso nunca oscilando do meu rosto — estou muito preocupado com o Adam, acredito que ele está em crise. Especificamente, ele está passando por uma dissonância cognitiva, causada por transtorno de estresse pós-traumático, ou TEPT, para abreviar.

— TEPT não é o que os veteranos de guerra têm? — eu me contorci na minha cadeira. Eu não esperava por isso.

— Sim, mas pode afetar qualquer pessoa que sofreu um evento traumático, e o Adam ficou gravemente traumatizado pelo assassinato de seu professor. Adam é particularmente vulnerável por causa de seu Asperger. Ele, simplesmente, não tem as habilidades de enfrentamento. — o Doutor Simon tirou os óculos e esfregou os olhos, cansado.

— O que é dissonância cognitiva? Isso faz parte do TEPT? — eu estava tentando entender tudo o que ele me dizia.

— A dissonância cognitiva é uma sensação de desconforto resultante de sustentar duas crenças conflitantes simultaneamente. No caso do Adam, ele acredita que, de alguma forma, causou a morte do Spike, mas também acredita que nunca faria nada para machucar as pessoas das quais ele gosta. Ele não consegue conciliar essas duas crenças.

Havia um aperto no meu peito que não passava. Era como se tivesse uma garra de ferro espremendo o ar dos meus pulmões.

— Não há nada que o senhor possa fazer por ele?

— Existem coisas que podemos tentar, mas cada um reage de forma diferente. Uma maneira de tratar o TEPT é ajudar o paciente a "ressignificar" a situação traumática, para entendê-la de uma nova maneira. O Adam está tendo pesadelos, então, estamos trabalhando na terapia de revisão de sonhos. É uma ferramenta para reduzir o conflito cognitivo que não aborda o trauma em si. Às vezes, é o suficiente apenas para tratar os sintomas.

— E está funcionando? — eu tinha certeza de que já sabia a resposta.

O Doutor Simon balançou a cabeça.

— E quanto aos medicamentos?

Doutor Simon se referiu ao prontuário em sua mesa:

— Adam não se dá bem com medicamentos. No passado, tentamos vários ansiolíticos, bem como alguns antidepressivos diferentes. Nenhum deles ajudou e alguns o fizeram piorar. — os ombros dele caíram em derrota.

Eu não conseguia aceitar que estávamos sem opções.

— Certamente, há algo mais que você possa tentar?

— A hipnoterapia pode ser eficaz no tratamento de TEPT, mas há um risco. Reviver um evento traumático, mesmo sob hipnose, pode causar mais traumas. Em outras palavras, ele pode piorar. Adam está tão frágil neste momento, que receio que ele possa se tornar suicida. No entanto, acredito que essa seja a melhor opção para ele, neste momento, e a mãe dele concorda. Estamos planejando começar amanhã.

Meus braços estavam cruzados, fortemente, sobre meu peito e eu estava balançando ligeiramente para frente e para trás em minha cadeira. Percebi que estava me confortando, assim como o Adam fazia. Talvez, no fundo de nosso DNA, estejamos todos programados para responder dessa forma.

Eu olhei para o Doutor Simon e, finalmente, disse:

— Eu vim aqui para perguntar se o Adam poderia passar por um polígrafo.

O Doutor Simon parecia horrorizado:

— Você está me dizendo que ele é suspeito do assassinato? — eu podia sentir meus olhos lacrimejando. Eu assenti com a cabeça.

Ele saltou da cadeira, tremendo de raiva:

— Isso iria destruí-lo. Eu não vou permitir!

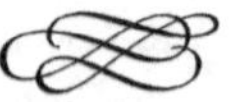

CAPÍTULO 15

Foi um alívio saber que o Doutor Simon estava lutando pelo Adam também. Então, contei ao médico sobre minha busca por evidências para eliminar o Adam como suspeito e como eu acreditava que o próprio Adam tinha as respostas. Se ao menos pudéssemos descobrir por que ele se sentia tão culpado...

— Expor as raízes do trauma é um dos objetivos da hipnoterapia. Você e eu temos o mesmo objetivo, mas por razões diferentes. — ele sorriu e fez eu me sentir como se nem tudo estivesse perdido.

— Eu poderia assistir a sua sessão de hipnoterapia com o Adam amanhã?

Ele balançou a cabeça:

— Receio que não. Embora a mãe dele tenha me autorizado a falar livremente com você, a sua presença distrairia o Adam. O observador influenciaria a observação neste caso.

E então, eu tive uma ideia! Posso não twittar, mas não sou uma completa ludita quando se trata de tecnologia:

— Posso assistir pelo Skype?

O Doutor Simon riu:

— Claro que sim! Desculpe-me por não ter pensado nisso.

Depois de discutirmos os detalhes, fiz a pergunta que estava me atormentando:

— Há alguma coisa que você possa fazer para proteger o Adam se eles apresentarem queixa na próxima semana?

Ele respondeu tão rapidamente que claramente já havia pensado nisso:

— Se a hipnoterapia intensa não funcionar, vou recomendar um tratamento residencial para ele. O melhor local está situado em Nova York e ele precisará ficar por pelo menos 30 dias.

Sorri. Eu estava certa em confiar nele.

Eu estava voltando para casa quando meu celular tocou. Era o Duke:

— Já sentiu minha falta, querida?

— Não sei como vivi sem você esse tempo todo. — eu disse, rindo. — Fez as pazes com a sua namorada?

— Digamos que ela estava muito feliz comigo antes da noite acabar.

— Ah, pelo amor de Deus, Duke! Ouvir sobre a sua vida sexual não fazia parte do negócio... — eu estava tão ocupada gritando com ele que quase passei por um sinal vermelho.

— Tudo bem, não precisa ficar nervosinha. Tenho novidades para você.

— Isso é ótimo! O que você descobriu?

— Bom, eu verifiquei o seu garoto, o Spike. Acontece que o nome verdadeiro dele era Melvin Duane Shiprock. Melvin... que nome é esse? — Duke estava rindo.

— Você está rindo do nome alheio, mas seu nome não é *Marmaduke*?

— Marmaduke Broussard era o nome do meu avô, e ele era o melhor pescador esportivo de Shreveport, Louisiana, só para você saber.

— Então, você é Marmaduke Broussard Segundo?

—Terceiro, na verdade.

— Bom, tenho certeza de que seu avô ficaria orgulhoso de como você está dando continuidade ao legado da família. — eu disse, tentando não rir.

— Você realmente fala o que pensa, mocinha. Agora, de volta ao Melvin, eu conversei com o dono da lanchonete ao lado e ele me disse que o nosso cara tomou café da manhã lá na manhã em que morreu.

— E isso é interessante... por quê?

— Ele não estava sozinho. Estava com um outro cara e eles tiveram uma boa discussão.

— Uau! Mas como vamos descobrir quem era?

— Eu já me antecipei, querida. Mostrei ao cara do restaurante as fotos do Steve Michaels, o professor de música com a ordem de restrição, e também dos caras da Zombies. E ele identificou um deles.

— Você está me matando, Duke! Quem era? — eu tinha acabado de entrar na garagem, mas continuei no carro.

— Daryl, o guitarrista da The Zombies.

— Ótimo trabalho, Duke! Você é incrível! — aquele estava se revelando um ótimo dia.

— Tem mais, querida. O cartão de crédito do Spike mostra que ele ficou em um quarto de hotel, na noite anterior à sua morte, então, eu fui lá e falei com o recepcionista. Acontece que o Spike tinha uma amiga com ele.

Fantástico...

— Mostrei ao funcionário a única foto que eu tinha, e adivinha?

— Tenho até medo de perguntar...

— Era Rosa Michaels, a cara metade de Steve Michaels.

— Então, agora temos dois suspeitos? Daryl e Steve?

— Sim. E, de acordo com os registos telefônicos do celular do Spike, ele falou com os dois na noite anterior à sua morte.

CAPÍTULO 16

— ENTÃO, O QUE VAMOS FAZER AGORA? — EU ESTAVA TÃO animada que não conseguia nem pensar direito.

— Bom, não sei você, mas estou indo falar com a Rosa Michaels.

— Certo, vou ligar para a Marian Wolinsky e tentar marcar um encontro com ela. Depois, me conte o que você descobrir sobre a Rosa. E, Duke?

— Sim, querida?

— Tente não dar em cima dela. Ouvi dizer que ela tem um marido ciumento! — eu ri e desliguei, antes que ele pudesse dizer qualquer coisa.

Já passava da hora do almoço e eu estava morrendo de fome, então, a primeira coisa que fiz quando entrei em casa foi um sanduíche de manteiga de amendoim, banana e mel. Já sei o que você está pensando, deve estar achando nojento, mas você não deveria criticar antes de experimentar. Não é como se eu estivesse sugerindo um sanduíche de sardinha. Sim, tem gente que realmente come isso. Se você pesquisar sanduíche de

62

sardinha no Google, as receitas aparecerão, e não, eu não estou brincando.

Depois de uma deliciosa sobremesa de chocolate amargo (é bom para mim, ok? Ouvi isso em algum lugar), procurei o número de telefone da Marian Wolinsky, que copiei do inventário do Spike no fórum. Pensei em ligar para a Grace, mas decidi esperar até ter notícias do Duke. Estava morrendo de curiosidade para saber o que a Rosa Michaels diria a ele.

Sabe quando a gente imagina a aparência de uma pessoa depois de ouvir sua voz pelo telefone? Bom, o oposto também é verdade. Depois de ver uma fotografia de alguém, você acha que sabe como é a voz dessa pessoa. Só estou dizendo isso porque quando liguei para Marian Wolinsky, a motoqueira com várias tatuagens, fiquei impressionada. Ela parecia uma nova-yorkina educada, com uma atitude à altura. Pensei que tinha ligado para a Marian Wolinsky errada, mas não, era ela. Quando eu disse que era a advogada do Adam Muller, ela disse: "*Não tenho mais nada a dizer, já conversei com a polícia*". Antes que ela pudesse desligar, eu disse que também era prima do Adam, e que estávamos preocupados que ele fosse suicida, e que eu gostaria de alguns minutos com ela. Ela suavizou o tom e concordou em falar comigo, pelo bem do Adam. Decidimos nos encontrar no Starbucks, no Young Circle, às dezesseis e trinta.

Eu cheguei cedo e pensei que a Marian chegaria em uma Harley, mas ela apareceu em um Volkswagen novo, com as tatuagens discretamente escondidas por mangas compridas. Ela estava usando muita maquiagem e seu cabelo estava preso em um rabo de cavalo alto. Parecia a irmã sofisticada da garota do site. Eu não tinha certeza qual era a verdadeira Marian.

Eu me apresentei e fizemos o nosso pedido. Ela pediu apenas um café preto.

— Como o Adam está? — ela perguntou — Ele é um bom rapaz. Todos da The Screaming Zombies gostam dele. — ela estava batendo suas unhas compridas na mesa, inquieta, como se mal pudesse esperar para acabar logo com aquilo.

— Lamento em dizer, mas o Adam não está bem. Encontrar o corpo do Spike foi um choque e tanto para ele. Ele está tendo pesadelos e não está comendo...

Ela parecia simpática:

— Não é de se admirar. Adam e Spike eram bons amigos. Entre a música e os cachorros, aqueles dois tinham muito em comum. Adam até se dava bem com o Beast, que não é o cachorro mais amigável, acredite em mim. — ela pronunciava 'cachorro' como 'cachourro'.

— Marian, prometo ser rápida, mas você pode responder algumas perguntas para mim?

— Vou tentar. — ela respondeu, sem muito entusiasmo.

Peguei a lista de perguntas da Susan Doyle:

— Spike tinha algum inimigo?

Ela riu:

— Claro, ele tinha vários inimigos, ele era um idiota, mas ninguém o mataria por isso.

— Ele devia dinheiro a alguém, ou alguém devia dinheiro a ele?

— Ninguém devia dinheiro a ele, mas os outros integrantes da The Screaming Zombies achavam que ele devia dinheiro a eles. Eles não gostavam que ele usasse o nome da banda em sua loja. Estavam processando o Spike, mas não matariam por isso.

— Por que não? — eu estava me perguntando como ela poderia ter tanta certeza.

— Porque eles não tinham coragem! Eu conheço esses caras há muito tempo, assim como o Spike, e posso lhe garantir que eles são covardes demais para isso.

— Será que foi um assalto que deu errado? — eu perguntei, mantendo o roteiro da Susan.

— Não. Não estava faltando nada. Eu sou a contadora, portanto, eu saberia. — ela disse e terminou seu café.

Eu sabia que ela estava pronta para fugir, então, desisti do roteiro e perguntei-lhe à queima-roupa:

— Quem você acha que matou Spike? Qual é o seu melhor palpite?

— Vou lhe dizer quem fez isso... acho que foi o Steve Michaels. Ele e a Rosa estavam sempre brigando como loucos, berrando, gritando, e ela pediu o divórcio. Ele era super ciumento.

— E o que isso tem a ver com o Spike?

— Ele estava dormindo com ela.

CAPÍTULO 17

— Há quanto tempo Spike e Rosa estavam dormindo juntos? — eu perguntei.

Um olhar de nojo cruzou seu rosto, tão rapidamente que eu quase perdi.

— Vai saber. E quem se importa? — ela disse, de forma petulante.

Pareceu-me que talvez ela se importasse.

— Ele tinha outras namoradas ou ex-namoradas?

— Ele era uma estrela do rock, o que você acha? Sempre havia groupies e vadias rondando ele.

Ela colocou a bolsa no ombro e empurrou a cadeira para trás para se levantar. Eu me senti como quando estava no tribunal e o juiz dizia: "Conclua, conselheiro, estamos sem tempo."

— E você? — eu perguntei.

Ela estreitou os olhos:

— E *quanto a* mim?

— Você e o Spike alguma vez estiveram juntos, como um casal?

Ela balançou a cabeça e seu rabo de cavalo balançou para frente e para trás. — Nós costumávamos ficar juntos, mas isso foi há muito tempo. História antiga. De qualquer forma, tenho que ir. Boa sorte com o Adam, tudo de bom para ele. — e então, ela foi embora.

Terminei meu café e peguei um pouco de sol enquanto pensava na nossa conversa. Marian parecia convencida de que o Steve era o assassino, mas quão confiável ela era? Ela tinha alguma coisa a esconder? Meu devaneio foi interrompido por um bipe, anunciando que eu tinha recebido uma mensagem. Olhei para o meu celular e li: *"Para se divertir, ligue para o Duke"*. Em seguida, chegou outra que dizia: *"Satisfação garantida!"*, então, achei melhor ligar para ele antes que suas mensagens se transformassem em sexting.

— Por que você demorou tanto, querida?

— Ei, Duke! Desculpe-me, eu sei que trinta segundos é muito tempo para você esperar. O que você descobriu?

— Você primeiro.

Apoiei meus pés na cadeira da frente e fiquei confortável:

— Marian Wolinsky é um enigma envolto em um mistério, dentro de uma nova-yorkina. Não tenho certeza se ela tem seus próprios planos, mas ela diz que Steve Michaels é o cara, que ele estava com ciúmes porque o Spike e a Rosa estavam dormindo juntos.

Duke deu um assobio baixo de surpresa:

— Isso apenas confirma o lema dos detetives: "Toda mundo mente".

Eu me sentei na minha cadeira:

— Esse também é o lema dos advogados e eles não ensinam isso na faculdade de direito. Quem está mentindo?

— Acho que a sua garota, porque eu acredito na minha. Rosa disse que ela e Spike nunca tiveram nada. Ele a levou para um hotel, para afastá-la do Steve, que estava agindo como um louco e ameaçando matá-la. Ela estava com medo e as pessoas não mentem sobre isso.

— Ela acha que o Steve matou o Spike?

— Essa é a parte engraçada, ela acha que não. Disse que ele nunca ameaçou mais ninguém. Ele estava com muito ciúmes, mas que sempre descontava nela.

— Mas por que a Marian mentiria? Talvez ela realmente acreditasse que eles estivessem dormindo juntos. Quero dizer, se ela os visse indo para um hotel, é claro que pensaria isso. Então, o que devemos fazer a seguir?

— Deixe isso comigo, querida. Vou descobrir onde o Steve estava na hora do assassinato. E eu não estou descartando o cara da Zombie, Daryl, vou investigá-lo também.

— Obrigada, Duke! Eu ainda acho que o Adam sabe de alguma coisa. Vou assistir a sessão de hipnoterapia dele amanhã de manhã. Por que não tocamos no assunto depois disso?

— Querida, você pode tocar no que quiser. Eu não me importaria nem um pouco.

CAPÍTULO 18

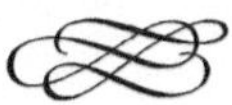

Eu tinha acabado de chegar em casa, e estava prestes a alimentar o gato que nem sequer fingia gostar de mim, quando a Grace ligou:

— Uau! Você deve ser médium. Eu estava prestes a ligar para você...

— Jamie, você não vai acreditar. Acabei de falar com a Susan Doyle e ela disse que a Rosa Michaels foi atropelada e morta esta tarde! Testemunhas disseram que o motorista estava perseguindo ela. O marido dela, Steve, foi preso e querem culpá-lo pelo homicídio do Spike também. A teoria deles é que o triângulo amoroso deu errado. Então, o Adam está livre por enquanto, ou talvez para sempre.

— Eu nem sei o que dizer... — sentei-me na poltrona, tentando absorver a bomba.

— Você não ficou feliz? Esta é uma ótima notícia!

— Não para a Rosa Michaels.

— Eu sei, eu sei. Pobre garota... ela se casou com um assassino. Isso acontece com muita frequência. Você vai ligar para sua tia para contar-lhe as novidades?

Minha cabeça estava girando.

— Sim, vou sim. Ela vai ficar aliviada. Ela não sabia que o Adam estava prestes a ser acusado, mas tenho certeza de que estava preocupada com isso. A principal preocupação dela ainda é o Adam e ele não está nada bem.

— Talvez se ele souber que prenderam o Steve, ele se sinta melhor. — Grace sugeriu.

— Não sei; vou deixar isso para o Doutor Simon. Já tentei bancar a detetive; não estou pronta para me envolver em psicoterapia!

— Que tal shopping terapia? — Grace riu.

— Isso eu consigo lidar. — eu disse.

Marcamos de nos encontrarmos para fazer compras e jantar no final de semana seguinte e desligamos.

Eu me senti em conflito. Fiquei aliviada pelo Adam não precisar ser preso, mas ainda parecia que estava faltando uma peça do quebra-cabeça. Decidi não contar ao Duke imediatamente, para deixá-lo terminar a investigação do paradeiro do Steve na hora do assassinato. E o Adam ainda estava sofrendo. Eu não tinha certeza se a prisão do Steve faria alguma diferença para ele. Eu sabia que contaria as horas até sua hipnoterapia na manhã seguinte, então, me acomodei para uma longa noite.

CAPÍTULO 19

PRECISEI DE DOIS EXPRESSOS PARA ABRIR MEUS OLHOS NA manhã seguinte. Embora eu deva ter dormido *um pouco*, enquanto assistia as reprises de "Friends" e "30 Rock", com certeza isso não me ajudou. Estava nervosa, mas não sabia o porquê. Eu poderia ter recorrido a algum alívio cômico naquele momento. Onde está o Duke quando precisamos dele?

Às 10h, liguei para o Doutor Simon, pelo Skype, e confirmamos que podíamos nos ver e ouvir. Em seguida, ele colocou temporariamente uma toalha sobre a tela, para que o Adam não me visse quando entrasse. Ele a removeu depois que o Adam estava deitado, confortavelmente, no sofá.

Ao contrário da crença popular, nenhum objeto brilhante é necessário para a hipnose. Foi simplesmente um exercício de relaxamento profundo com o Doutor Simon fazendo sugestões com um tom de voz tão suave quanto algodão. Adam parecia que estava dormindo, mas ele ainda era capaz de responder às perguntas. Primeiro, o Doutor Simon pediu que ele classificasse a sua ansiedade em uma escala de 1 a 5, com uma descrição específica para cada número. Então, ele disse ao Adam para se imaginar em um elevador de um prédio de cinco andares e ele era o único que poderia apertar os botões. Se começasse a se sentir ansioso, tudo o que ele precisava fazer era mandar o elevador para um andar inferior.

— Você gosta de elevadores, Adam? — o Doutor Simon perguntou.

— Sim...

— Não se esqueça de apertar os botões quando precisar, Adam. Você está em um lugar seguro. Nada pode machucá-lo aqui. Você está se sentindo seguro agora?

— Eu me sinto seguro.

Então, o Doutor Simon fez algumas perguntas neutras sobre os cachorros do Adam antes de fazer a próxima pergunta:

— Você conhece um cachorro chamado Beast?

— O cachorro do Spike. Como o baterista... Led Zeppelin.

— Você gosta do Beast?

— O Beast é um bom cachorro. Ele gosta de brincar.

— Quando foi a última vez que você viu o Beast, Adam?

Adam começou a se debater:

— Eu o ouço latindo... ele está chateado. Por que ele está latindo? Onde está o Spike? Eu não posso entrar aí! Não, não!

Doutor Simon recuou:

— Está tudo bem, Adam. Você não precisa entrar aí. Não se esqueça dos botões do elevador. Respire fundo e solte. Aperte o botão do número um para descer o elevador. Você se sente melhor?

— Sim...

— Agora, Adam, você não precisa entrar na sala onde o Beast está, mas eu preciso te perguntar sobre aquele dia, ok?

Sem resposta.

— Adam, você disse que fez uma coisa ruim. Que coisa ruim você fez?

As lágrimas começaram a rolar pelo rosto do Adam.

— Adam, me escute: eu sei que você acha que fez uma coisa ruim, mas você não fez. Talvez tenha cometido um erro, mas você não fez nada de errado. Ok?

Sem resposta.

— Adam, por favor, repita depois de mim: eu não fiz nada de errado.

Adam começou a balançar a cabeça de um lado para o outro.

— Adam, me escute. — o Doutor Simon disse, gentilmente — Você não fez nada de errado. Tenho certeza disso. Agora, você pode repetir depois de mim?

— Ok.

— Você pode dizer isso para mim? Eu não fiz nada de errado.

Em uma voz tão baixa que quase não consegui ouvir, Adam disse:

— Eu não fiz nada de errado.

— Bom! Agora qual foi a coisa ruim?

— Eu não queria fazer isso! Desculpe-me, Spike. A culpa é minha, é tudo culpa minha!

— Adam, me escute. Vamos fingir que você é uma mosca. Você consegue fazer isso?

— Sim.

— Você consegue sentir suas asas falsas?

— Uhum.

— Ok, agora, você é uma mosca e está observando o Adam fazendo aquilo que ele acha que é ruim. Conte-me sobre isso. Você é uma mosca que consegue falar... apenas finja.

— O Adam está tocando com o Spike. Eles estão rindo. Adam pergunta: Qual é a sua música favorita, Spike? Spike está sorrindo. Ele diz: Rosalinda's Eyes... a música faz ele lembrar da Rosa...

— Quem é Rosa? — Doutor Simon perguntou.

— Ela é uma professora. Ela é bonita.

— Então, o que aconteceu? Lembre-se, você ainda está fingindo que é uma mosca.

— Adam pergunta ao Spike se ele ama a Rosa. Spike responde que sim. Mas é segredo... não conte.

— Então, o que aconteceu?

— Adam quebrou sua promessa! Por que você fez isso, Adam? Você é mau!

— Como Adam quebrou sua promessa? — Doutor Simon cutucou.

— Ele contou! Ele prometeu, mas contou mesmo assim...

— Para quem o Adam contou?

Sem resposta.

— Estou falando com a nossa mosca de mentirinha agora, Senhor Mosca, para quem o Adam contou?

— Tanta raiva! Fotos quebradas, afiadas! Meu dedo dói... desculpe-me, desculpe-me, desculpe-me!

— Quem está com raiva?

— Não posso contar.

— Adam, você contou o segredo ao Steve?

— Não.

— Para quem você contou?

Adam começou a puxar o cabelo:

— Ela estava tão brava!

— Respire fundo. Aperte o botão para o elevador descer. Você consegue fazer isso?

— Sim.

— Você se sente melhor, Adam? — o Doutor Simon estava falando baixinho.

— Melhor...

— Vamos jogar um jogo de adivinhação, ok? Foi para a Rosa, você contou para a Rosa?

— Não... a Rosa é legal.

— Não tem problema se a mosca me contar quem estava com raiva.

Adam começou a tremer e a chorar:

— Spike está morto! Spike era o meu melhor amigo...

— Adam, você machucou o Spike?

— NÃO!

— Então, a culpa não é sua. Está me ouvindo? A culpa não é sua. Repita depois de mim: a culpa não é minha.

— A... a... culpa... n... n... não é minha...

— Agora me diga, Adam, quem estava com raiva?

— Era... a Marian!

CAPÍTULO 20

A Marian deve ter matado o Spike! Ainda ontem, estive conversando e bebendo café com ela. Senti um arrepio descer pela minha espinha. E agora? O que eu faço?

Observei o Doutor Simon persuadir o Adam a sair de seu estado hipnótico. Estava preocupada que Adam pudesse se sentir pior depois de tudo o que ele tinha passado, mas, para minha surpresa, ele parecia melhor. Não estava despreocupado, era mais como se um peso tivesse sido tirado dele. Ele até deu um meio sorriso ao Doutor Simon. Embora fosse muito mais alto agora, Adam ainda parecia aquele garotinho sonolento que eu costumava cuidar, lendo histórias de animais debaixo das cobertas antes de ele adormecer.

Você deve estar pensando que eu saberia o que fazer a seguir, considerando todos os mistérios que eu já tinha lido e todos os programas de TV que tinha assistido, mas eu não fazia a menor ideia. De uma coisa eu tinha certeza, tinha que contar à Grace! Odiei fazer isso por mensagem, mas ela estava no trabalho e eu não conseguiria esperar. Paciência não é o meu forte.

"Ei G, as coisas ficaram interessantes! Adam teve um avanço sob hipnose e nos contou a coisa "ruim" que ele fez, aquela que matou o Spike..."

"MEU DEUS!! Por que você me deixa esperando assim? Por que você é tão má?"

"HAHA!! Ele revelou um segredo que o Spike pediu que ele não contasse, o segredo era..."

"Eu vou te matar!!!!"

"O segredo era que o Spike estava apaixonado pela Rosa! Adam abriu o bico e contou a alguém que ficou com muita, muita raiva..."

"Você vai pagar por esta tortura. Eu prometo."

"Que rufem os tambores... a Marian!!!"

"Não acredito!!!!"

"É verdade! E agora posso adicionar 'cafezinho com um assassino' ao meu currículo. Talvez eu consiga um emprego no sistema prisional..."

"Uau! Mas como você tem certeza de que foi ela?"

"Não tenho, mas meu instinto me diz que é ela. E o Adam acredita nisso."

"Você tem que apresentar isso ao procurador."

"Mas eu odeio aquele cara! Não me faça falar com ele!"

"Jamie..."

"Aff. Ok, mas você acabou de arruinar o meu dia."

"Agora estamos quites. Haha! Boa sorte!"

Só demorei um minuto para perceber que eu não poderia ir falar com Nick, o procurador, para acusar a Marian de matar o Spike por causa de um ataque de ciúmes (não porque ele era meu arqui-inimigo, como Magneto contra o meu Professor Xavier), mas porque ele nunca acreditaria em mim. Quero dizer, que prova eu tinha? Só porque o meu primo autista, hipnotizado e traumatizado contou isso? Não daria certo. Eu precisava de provas. Eu precisava do Duke, droga!

Afinal, onde ele estava? Era estranho eu não ter tido notícias dele, nem mesmo uma mensagem obscena. Liguei para ele, mas foi para o caixa de mensagens. Mandei uma mensagem, mas ele não respondeu. Fiz uma torrada e liguei para o único lugar em que veio em minha mente.

— É sempre Mardi Gras no *The Big Easy*, eu sou o Brendan, em que posso ajudar?

— Olá Brendan, estou procurando Duke Broussard, você o viu?

— Hum, é... o Duke?

Eu podia ouvir Duke ao fundo dizendo: "*Eu não estou aqui*".

— Brendan?

— Sim, senhora. Desculpe-me, mas...

— Brendan, aqui é a advogada do Senhor Broussard e eu preciso falar com ele, imediatamente. Por favor, passe o telefone para ele.

— Sim senhora, ok... tudo bem, vou passar para ele.

Ouvi o telefone mudando de mãos, e então, Duke atendeu, mas ele não parecia nem um pouco bem.

— Duke? O que está acontecendo? Você está doente? Precisa que eu te leve ao hospital?

— Não preciso de hospital. — ele estava falando enrolado, como se tivesse bebido demais.

Alguma coisa estava muito errada. O álcool deixa algumas pessoas deprimidas, mas não o Duke. Ele geralmente era o bêbado mais feliz do planeta.

— Você fique aí, Duke! Chegarei em cinco minutos.

Vesti uma calça jeans e uma camiseta, entrei no carro e corri para o The Big Easy. Eu costumava levar uma vida tão tranquila, o que diabos aconteceu? Parecia que havia uma nova crise, a cada dia. Talvez eu devesse arranjar uma sirene para o teto do meu carro e escrever na porta: "Aguente firme, já estou indo!"

Oh, Duke! Era você quem deveria me salvar, e não o contrário...

CAPÍTULO 21

Quando cheguei ao The Big Easy, vi um enxame de beberrões na parte de fora do bar, a maioria era turistas, mas Duke não estava no meio. Eu marchei para dentro, com a missão de resgatar o Duke de seus demônios, de si mesmo ou de qualquer outra coisa. Estava escuro lá dentro, depois do clarão do lado de fora, e tive que esperar meus olhos se ajustarem. Até que o vi, curvado sobre o balcão, onde parecia que tinha ficado a noite toda. Com a barba por fazer, suas roupas estavam amarrotadas e ele tinha um ar de desespero.

Eu toquei em seu ombro, levemente:

— Duke, você está bem? Aconteceu alguma coisa?

Ele balançou a cabeça, infeliz demais para falar.

Sentei-me ao lado dele e perguntei:

— O que eu posso fazer para te ajudar?

Nenhuma sugestão lasciva saiu de sua boca... e eu tinha feito uma pergunta propícia. Algo estava muito errado. Apenas fiquei sentada com ele por um tempo, sem dizermos nada. Brendan, o barman, me trouxe um copo de água. Após cerca de quinze minutos, Duke olhou para mim, com lágrimas nos olhos:

— Eu poderia tê-la salvado, Jamie. Aquela garota doce me disse que estava com medo, ela disse que ele tentaria matá-la... mas eu disse: "Não se preocupe, você vai ficar bem". E agora ela está morta, a Rosa está morta! Aquele ciumento desgraçado a matou. Assim como ele matou o Spike. — Duke deitou a cabeça no balcão derrotado.

— Duke! A culpa não é sua. — eu disse, batendo gentilmente em suas costas —E o Steve não matou o Spike.

Duke me olhou como se eu estivesse louca:

— De que diabos você está falando, Jamie?

— Foi a Marian. Ela tinha problemas para lidar com seus ciúmes.

— Mas que droga, Jamie! Essas pessoas são malucas!

— Isso diz muito, vindo de você, Duke! — nós dois rimos.

— Por que você está aqui, afinal? — ele perguntou, animando-se um pouco.

— Eu vim aqui para te salvar. Bom, a maior parte de você. Receio que seu fígado seja uma causa perdida.

Até Brendan, o barman, sorriu ao ouvir isso.

— Na verdade, — eu disse — eu vim para te contar que o Adam está livre, mas ainda preciso da sua ajuda. Se vamos pegar a Marian, preciso de provas para que eu possa levar ao procurador, aquela doninha presunçosa. Você está dentro?

— Pode apostar que sim, querida. Mas o que você acha de um café da manhã primeiro? O que você vai querer, Bloody Mary ou Mimosa?

CAPÍTULO 22

Depois de um café da manhã com ovos mexidos e granola (sem a Mimosa), ajudei o Duke a encontrar um táxi para levá-lo para casa; ele não estava em condições de dirigir. Então, eu fui até a casa da Tia Peg; queria ver como o Adam estava depois da sua manhã difícil e atualizar minha tia.

Minha tia abriu a porta antes que eu pudesse bater e me puxou para dentro. Ela me deu um abraço rápido e sussurrou:

— Ei, Jamie.

Eu sussurrei de volta:

— Por que estamos sussurrando?

Ela apontou para o sofá, onde o Adam estava dormindo com Angus, o terrier escocês, que cochilava em seu peito, e Bono, o setter irlandês, no chão. Eu a segui até a cozinha, onde poderíamos nos sentar e conversar.

— Como ele está depois desta manhã? — eu perguntei.

Ela sorriu:

— O Doutor Simon ficou muito satisfeito com o progresso que fizeram. Ele acha que, com o tempo, Adam voltará a ser quem era. Na verdade, quando estávamos voltando para casa, Adam me disse: "Mãe, estou com saudade do Spike."

— Fico tão feliz em ouvir isso! E eu tenho mais notícias boas para você, o procurador do estado não acredita que o Adam tenha algo a ver com o assassinato do Spike. Ele acha que foi o Steve Michaels, o professor de música. — decidi não colocar Marian na confusão.

— Oh, graças a Deus! Mas, pobre Rosa... ouvi no noticiário que ela tinha sido morta, eles também acham que foi o Steve?

— Sim, acham.

Ela balançou a cabeça tristemente:

— Jamie, ela era a mulher mais simpática que já conheci, era tão gentil e carinhosa... que tragédia!

— Isso não vai trazê-la de volta, mas estou confiante de que a justiça prevalecerá.

— Espero que sim. — minha tia disse.

Enquanto nos despedíamos, eu me lembrei de uma coisa:

— A última vez que estive aqui, esqueci de ver as "coisas de música' no quarto do Adam. Estou me sentindo mal, o que ele queria me mostrar?

Tia Peg pensou por um segundo:

— Ah, eu sei o que era! Ele queria te mostrar os vídeos dele tocando instrumentos diferentes.

— Oh, ele filma a si mesmo?

— Não, o Spike filmava todas as aulas.

CAPÍTULO 23

— É sério? Fale-me mais sobre isso. — eu disse.

— Não tenho certeza, mas acho que o Spike instalou uma câmera no teto para gravar todas as aulas.

— Bom saber.

Nós nos despedimos depois que eu prometi que voltaria no domingo para jantar. Minha agenda estava cheia ultimamente!

O que eu tive que fazer a seguir foi tão desagradável que quase me convenci do contrário. *"Acabe logo com isso, Jamie, é como arrancar um band-aid"*. E então, eu fiz. Fui para casa e liguei para ele, o procurador do estado sarcástico, o meu arqui-inimigo, Nick Dimitropoulos. Ele nem sequer disse "Alô". Um sujeito muito agradável.

— Se você me ligou para ler mais algum estatuto, Quinn, não se preocupe. Temos um novo suspeito.

Assim que ouvi a voz dele, imaginei-o, desde o seu cabelo penteado para trás, até seus sapatos brilhantes. Senti minha pressão subir.

— Bom, Nick, você sabe que pegou o cara errado da última

vez, não sabe? Pois então, você errou de novo. Steve Michaels não fez nada.

— Em primeiro lugar, eu não disse que o seu cliente foi inocentado como suspeito e, em segundo lugar, por que você se importa se estivermos com o cara errado? Ou ele é o seu primo também? — quase pude vê-lo zombando de mim, do outro lado da linha.

— E se o Adam for meu primo? Não menti sobre isso. E eu me importo porque o verdadeiro assassino ainda está por aí. Não é o seu trabalho proteger o povo?

— Acho que você está falando da polícia, mas entendi o seu ponto. Quem é, então? — ele parecia genuinamente curioso.

— Não é um cara. É uma mulher... Marian Wolinsky. Ela era a contadora do Spike e uma ex-namorada amargurada.

— Teoria interessante, Quinn, mas onde está a sua prova? Tenho certeza de que as impressões digitais e o DNA dela estão por toda a cena do crime, talvez porque ela trabalhava lá.

— Você é sempre assim tão sarcástico ou eu sou especial? A prova está na câmera que Spike escondeu no teto. Você pode ter o assassinato gravado.

"Toma, seu filho da mãe presunçoso", pensei.

— Vou verificar isso, Quinn... e, hum, obrigado pela dica.

— De nada.

Aquilo foi uma surpresa. Talvez houvesse esperança para ele. Tudo é possível.

Depois que desliguei, me perguntei: *"E se a câmera não estivesse filmando? O que aconteceria?"*

CAPÍTULO 24

Eu, claramente, precisava de um plano B, então, sentei-me na frente do meu computador e abri o site do departamento de veículos motorizados da Flórida. Eu sabia que a Marian dirigia um Volkswagen Jetta prata, porque o tinha visto no Starbucks, mas queria saber qual carro que o Steve Michaels dirigia. Era um Toyota Corolla, prata também. Acessei a notícia sobre o assassinato da Rosa e descobri que foi um carro prata pequeno que atropelou ela. Nenhuma das testemunhas conseguiu identificar a marca do carro, ou se o motorista era homem ou mulher. Comparando os dois, percebi que o Corolla era muito parecido com o Jetta. Mas é claro que era! Porque nada na vida é fácil. Mas então, tive que me perguntar: *"Se o Adam agora está livre, então por que eu simplesmente ainda não me afastei?"*

Se eu me afastasse, eu poderia voltar para a minha vida e nunca mais teria que lidar com o espertinho do Nick, ou sair pela cidade à procura do Duke. Mas eu sabia a resposta. Eu não podia voltar para a minha vida antiga porque não tinha vida. Eu estava vivendo nas sombras, sem fazer nada, sem ver ninguém.

Estava apenas existindo. Tudo o que eu fazia era perambular por uma casa vazia, o dia todo, fazendo companhia a um gato que rosnava para mim. E, sem contar o estresse, o pânico, o medo e a irritação que passei nas últimas semanas, essa tinha sido a maior diversão que eu tive em anos. E era um desafio no qual eu poderia entrar de cabeça. Quando isso acabasse, eu teria que voltar para o mundo. Como eu não percebi isso antes?

Enquanto eu contemplava minha vida, fui até o congelador em busca de algo para fazer no microondas. Era hora do jantar e eu estava morrendo de fome. Enquanto esperava pelo meu burrito vegetariano ficar pronto, alimentei o meu gato ingrato. Então, ouvi um bipe e pensei que meu burrito estava pronto, mas era o Duke ligando no meu celular:

— Ei, querida, tenho só uma pergunta.

— Qual?

— Onde está o meu carro?

CAPÍTULO 25

— Você realmente não se lembra? — eu perguntei.

— Bom, mais ou menos, um pouco. Realmente não... — Duke parecia envergonhado.

— Caramba, Duke! Talvez seja hora de refazer seus passos. Você foi para casa de táxi, porque estava bêbado, então, onde está o seu carro?

— No The Big Easy?

— Sim. — eu tirei o meu burrito do microondas e o cobri com molho.

— Você pode me dar uma carona até lá, amanhã de manhã?

— Claro. — eu disse, e então, contei tudo o que ele tinha perdido: a revelação do Adam sob hipnose, a câmera do Spike no teto, a minha conversa com o Nick D., e os dois carros prata que pareciam iguais.

Duke soltou um assobiou baixo:

— Essa história está ficando cada vez mais estranha. Quando você vier me buscar amanhã, vamos naquele hotel onde a Rosa se hospedou. Tenho uma ideia.

— Você está falando sério, ou essa é uma das suas cantadas menos atrevida?

— Ai, essa doeu! É claro que estou falando sério. Você saberia se fosse uma cantada. Ninguém nunca *me* acusou de ser sutil.

Eu ri:

— Se o acusassem, estariam mentindo.

Duke morava em um fourplex, na Roosevelt Street. Parecia bom o suficiente, o quintal estava bem cuidado e havia uma bicicleta de criança na frente da porta mais distante. Ele não parecia estar de ressaca quando deslizou para o banco do passageiro. Estava barbeado e cheiroso.

— Olá, como você está hoje? — ele perguntou.

— Não poderia estar melhor, e você?

— Pronto para detonar. — ele disse.

— Apenas um dia normal, então? — eu sorri.

Ele riu:

— Isso mesmo, querida.

— Para onde?

Duke me guiou para um pequeno hotel, chamado Villa Alfredo, na A1A, perto da praia. Ele me pediu para esperar no carro enquanto ia até lá. Liguei o rádio e escutei as notícias na NPR. Ele ficou fora por um bom tempo, mas quando voltou, estava sorrindo.

— Desembuche! — eu disse.

— Consegui! Testemunhas disseram que Steve Michaels esteve aqui na manhã em que o Spike foi morto. Ele não é o assassino.

— O que ele estava fazendo aqui? — eu perguntei — E por que eles se lembravam dele?

— Porque o Steve estava assustando-os! Ele ficou sentado em seu carro em frente ao hotel a manhã toda. Ele devia estar perseguindo a Rosa.

— Que notícia ótima! Cuidado, Marian; estamos nos aproximando de você. Duke, você é o melhor!

Duke apenas sorriu e assentiu com a cabeça:

— É o que todas as mulheres dizem, querida.

CAPÍTULO 26

— Duke, vamos ao gabinete do procurador do estado. Quero contar isso a ele. Além disso, estou morrendo de curiosidade para saber se encontraram a câmera de vídeo do Spike.

— Claro, por mim tudo bem.

Era impossível passar pela secretária do Nick. Ela insistiu que precisávamos marcar um horário e nem sequer se mexeu. Eu disse "sem problemas" e fomos embora. Mas quando chegamos no corredor, liguei para o Nick, direto em seu ramal, e disse que tinha algumas informações. Quando ele concordou em me receber, pedi que avisasse sua secretária. Foi um déjà vu voltar até à mesa dela, só que, desta vez, ela estava de cara feia. Sem dizer uma palavra, ela nos conduziu para dentro da sala e fechou a porta, com raiva.

— Você, com certeza, sabe como fazer amigos, Quinn, isso eu digo por você. O que foi? — Nick perguntou.

— Nick, este é Duke Broussard, um detetive particular que está me ajudando. Duke, por favor, diga ao Nick o que você descobriu esta manhã.

Depois que Duke terminou, Nick parecia impressionado:

— Bom trabalho, mas ainda temos um problema em provar que foi a Marian. Podemos colocá-la no local, mas ela disse à polícia que tinha chegado depois do assassinato.

— E a câmera, você a encontrou? — eu perguntei, literalmente na ponta do meu assento.

Nick franziu a testa:

— Sim e não. A câmera estava lá e *estava* gravando, mas não filmou o assassinato. Eles deveriam estar fora do alcance.

Nós três ficamos sentados lá, absorvendo essa informação. E, então, algo iluminou-se em meu cérebro:

— Mas isso ainda é uma boa notícia! — eu disse.

— Como assim, Jamie? — Duke murmurou.

— Como você sabe? — Nick perguntou.

— A Marian não sabe sobre a câmera! Se soubesse, ela teria apagado a gravação ou a tirado de lá. — eu disse.

— E daí? — Duke disse.

Eu apenas sorri:

— Observem e aprendam, rapazes.

Peguei meu celular e liguei para a Marian. Eu ainda tinha o número dela gravado, por causa do nosso encontro no Starbucks. Minha ligação foi direto para a caixa de mensagens, assim como eu esperava que fosse.

Após o bipe, eu disse:

— Aqui é a Jamie Quinn, desculpe-me por incomodá-la, mas tenho uma pergunta rápida. O Adam me disse que o Spike tem uma câmera no teto para gravar suas aulas. Antes de contar à polícia, quero saber se isso é verdade. Você poderia me informar? Obrigada.

Eu me virei para o Nick:

— Você precisa mandar alguém para a *The Screaming Zombies,* porque ela vai até lá para pegar aquela câmera.

Duke parecia curioso:

— Como você sabe que ela vai ouvir a sua mensagem?

— Porque ela é cautelosa. — eu disse — Ela precisa saber se alguém está atrás dela, então, é claro que ela ouvirá a mensagem. Assim que ouvir sobre a câmera, ela correrá até lá para destruí-la. Ela não sabe que não há nada nela. — eu estava me sentindo bem presunçosa, devo admitir.

Nick recostou-se na cadeira e sorriu:

— Nada mal, Quinn. — ele disse.

Então, ele pegou o telefone de sua mesa e fez algumas ligações. Quando terminou, a armadilha estava armada. Nós apenas tinhamos que esperar que Marian fizesse sua jogada.

CAPÍTULO 27

— Ela quase caiu da escada quando a polícia entrou!

Grace e eu estávamos sentadas no escritório dela e eu estava contando como eu tinha sido mais esperta que a Marian. Na verdade, como havíamos sido mais espertos que a Marian porque, sem Grace e Duke, Susan Doyle e Adam, Tia Peg e sim, até Nick Dimitropoulos, Marian teria escapado impune de um assassinato.

— Eu amei! Eu pagaria para ver a cara dela. — Grace disse.

— Mas espere, tem mais. — eu disse.

— Estou esperando, — Grace disse, tamborilando os dedos na mesa — porém, sem paciência.

— Não foi apenas Marian que foi levada, o carro dela também, o que acabou sendo a outra arma do crime. — deixei isso no ar.

Grace arquejou:

— Ela matou a Rosa também!

— Ela estava louca de ciúmes. Pensava que Spike e Rosa estavam dormindo juntos. Ela provavelmente não teria se importado, já que, na verdade, Spike sempre fazia isso, mas quando o Adam disse a ela que o Spike estava apaixonado pela Rosa, Marian enlouqueceu completamente.

Grace parecia pensativa:

— Então, realmente existia um triângulo amoroso, mas não aquele que pensávamos. Marian amava Spike, Spike amava Rosa, e a Rosa...?

— Ela ainda amava o Steve, seu namorado do colégio, mesmo depois de ele ser tão abusivo.

— Mas o que aconteceu com o Spike, vocês descobriram?

— Esta é a linha do tempo: na noite anterior ao assassinato, Spike levou a Rosa a um hotel, para protegê-la do Steve. Sabemos que o Spike recebeu ligações naquela noite de Steve e Daryl, um dos Zombies. Steve provavelmente estava procurando pela Rosa. Na manhã seguinte, Spike tomou café da manhã com o Daryl, na lanchonete ao lado de sua loja, e eles tiveram uma discussão. Então, depois do café da manhã, Spike foi à loja de música onde a Marian estava esperando. Ela estava furiosa porque pensou que ele havia passado a noite com a Rosa. Ela começou a gritar com ele, e então, se perdeu completamente, pegou o didgeridoo do Adam e acertou o Spike na cabeça. Quando ela percebeu o que tinha feito, saiu do prédio para que pudesse fingir que chegou mais tarde. O pobre Adam entrou alguns minutos depois e encontrou Spike morto no chão.

— Uau! Isso sim que é uma grande história! — Grace disse — Não dá para inventar uma coisa dessas. Quero dizer, quem poderia imaginar que um didgeridoo poderia ser uma arma mortal?

— Ninguém, especialmente porque ninguém sabe o que é um didgeridoo! — Eu ri.

— Acho que essa é uma ótima desculpa para sair e comemorar. — Grace disse.

— Desde quando precisamos de uma desculpa?

Nesta hora, meu celular tocou. Olhei para o número e disse:

— Desculpe-me, vou ter que atender. O que posso fazer por você, Nick? Tudo bem se eu te chamar assim? Na verdade, eu nunca te perguntei. — eu ri — Entendo, tudo bem, sem problemas. Já estou indo — olhei para a Grace e perguntei — Você se importa se fizermos uma parada antes de irmos comemorar?

CAPÍTULO 28

Bati à porta da Tia Peg. Adam atendeu, com uma aparência bem melhor do que há muito tempo:

— Ei, Jamie! — ele disse, me dando um abraço — Eu não sabia que você vinha.

— Oi, Adam! Você pode me ajudar a descarregar o meu carro?

— Claro, é algo pesado?

— Veja você mesmo. — eu disse, enquanto s Grace abria a porta do carro e o Beast, o pastor alemão do Spike, pulava do banco de trás.

— Beast!! — Adam gritou, correndo para abraçar o cachorro, que lhe deu um grande beijo molhado. Em trinta segundos, eles estavam brincando juntos e rolando no chão.

Minha tia saiu e eu perguntei:

— Tem certeza de que não se importa?

— Vai ficar tudo bem. — ela disse — Olha como você deixou ele feliz!

— Eu acho que os dois parecem muito felizes.

Grace acenou do carro e minha tia acenou de volta.

— Tenho que ir. — eu disse — Hoje é a "Noite das Garotas".

— Eu diria que você merece. Obrigada por tudo e não se esqueça do jantar no domingo.

Eu estava prestes a entrar no carro quando a Tia Peg me parou:

— Jamie, eu só queria dizer que sua mãe ficaria orgulhosa de você.

— Ela ficaria orgulhosa de você também. — eu disse e mandei-lhe um beijo.

CAPÍTULO 29

— Então, e agora? — Duke me perguntou.

Eu o levei para jantar um bife no The Capitol Grille, como um agradecimento por toda a sua ajuda. Como eu sou vegetariana, estava comendo uma batata assada e salada.

— Não tenho certeza. — eu disse com a boca cheia de batata e creme azedo — E você?

— Um pouco de trabalho, um pouco de diversão, você me conhece, querida. Você está pensando em voltar a ser advogada de divórcio? É muito boa nisso. — ele enfiou um grande pedaço de bife malpassado na boca.

— Talvez, pelo menos até que algo melhor apareça. Só sei que está na hora de voltar ao trabalho.

— Talvez você pudesse me recomendar para seus amigos advogados, especialmente para aquelas advogadas gostosonas. — ele sorriu para mim.

Eu balancei a cabeça e sorri:

— Vai sonhando, Duke.

Ele fingiu estar magoado.

— Há uma coisa que eu gostaria de fazer, agora que minha mãe se foi...

— O quê? — Duke perguntou.

— Estou curiosa sobre meu pai. Não sei muito sobre ele, exceto que ele era "um grande problema". Preciso saber a história dele. Quer dizer, talvez ele seja da máfia, ou um ladrão internacional de arte, ou talvez seja um "mediador" de políticos corruptos. Tudo o que eu sei é que vou descobrir.

— Estou ao seu dispor, minha senhora. — Duke disse, tirando seu chapéu imaginário.

— Você me ajudaria? — eu perguntei, comovida.

— O que você acha, Jamie? — ele estava sorrindo — Eu iria *adorar* te perguntar: "Quem é o seu papai?".

Eu resmunguei e joguei meu guardanapo nele:

— Não sei por que eu ainda te aturo.

— Porque eu sou único. — Duke disse, piscando para mim.

Eu ri:

— Isso é verdade.

E foi então que percebi que eu estava mais feliz do que há muito tempo. Eu tinha uma vida nova e pessoas que se importavam comigo; até tinha um mistério para resolver. Talvez eu devesse criar a minha própria camiseta "A Vida é Boa": uma com uma bonequinha sorridente, rodeada de amigos.

Caro leitor,

Esperamos que você tenha gostado de ler *Morto Por Um Didgeridoo*. Reserve um momento para deixar uma crítica, mesmo que curta. A sua opinião é importante para nós.

Atenciosamente,

Barbara Venkataraman e Next Chapter Team

A premiada autora Barbara Venkataraman é uma advogada do sul da Flórida, onde se inspira nas manchetes diárias para escrever seus livros. Ela adora se conectar com os leitores através de seus livros e encontra uma alegria, em particular, em uma frase bem elaborada. Além de escrever ficção, ela é coautora do livro *Accidental Activist: Justice for the Groveland Four*, com seu filho Josh Venkataraman, sobre sua busca bem-sucedida de quatro anos para obter perdões póstumos para The Groveland Four.

Morto Por Um Didgeridoo
ISBN: 978-4-82410-680-3

Publicado por
Next Chapter
1-60-20 Minami-Otsuka
170-0005 Toshima-Ku, Tokyo
+818035793528

20 setembro 2021

www.ingramcontent.com/pod-product-compliance
Lightning Source LLC
LaVergne TN
LVHW091500190726
843491LV00007B/2069